《2021年中国新诗排行榜》编委会

主　编：谭五昌

副主编：远　岸　宝　蘭　安娟英　萧　萧（新西兰）

编委（排名不分先后）：

吉狄马加	叶延滨	曾凡华	黄亚洲	潞　潞
梁　平	张清华	陆　健	李少君	树　才
侯　马	陈先发	龚学敏	高　兴	潇　潇
周庆荣	车延高	潘洗尘	尚仲敏	阎　安
梁晓明	刘向东	梅　尔	阎　志	汪剑钊
梁尔源	庄伟杰	祁　人	李　云	荒　林
刘以林	彭惊宇	梅黎明	鲁若迪基	石　厉
雁　西	姜念光	刘　川	唐　晴	冰　峰
李　强	唐成茂	田　禾	罗　晖	王霆章
齐冬平	唐　诗	冯景亭	顾　北	周占林
南　鸥	真　真	姚　风（中国澳门）		田　原（日本）

中国新诗排行榜

ZHONGGUO XINSHI PAIHANGBANG

2021年

谭五昌 —————— 主编

陕西师范大学出版总社

图书代号：WX22N1886

图书在版编目（CIP）数据

2021年中国新诗排行榜 / 谭五昌主编. —西安：陕西师范大学出版总社有限公司，2022.12
ISBN 978-7-5695-3325-5

Ⅰ.①2… Ⅱ.①谭… Ⅲ.①诗集—中国—当代 Ⅳ.①I227

中国版本图书馆CIP数据核字（2022）第230621号

2021年中国新诗排行榜
2021 NIAN ZHONGGUO XINSHI PAIHANGBANG

谭五昌　主编

选题策划	刘东风　郭永新
责任编辑	张　佩
责任校对	彭　燕
封面设计	龚心宇
出版发行	陕西师范大学出版总社
	（西安市长安南路199号　邮编710062）
网　　址	http://www.snupg.com
印　　刷	西安市建明工贸有限责任公司
开　　本	880 mm × 1230 mm　1/32
印　　张	15.75
插　　页	1
字　　数	197千
版　　次	2022年12月第1版
印　　次	2022年12月第1次印刷
书　　号	ISBN 978-7-5695-3325-5
定　　价	59.00元

读者购书、书店添货或发现印刷装订问题，请与本公司营销部联系、调换。
电话：（029）85307864　85303629　传真：（029）85303879

2021年中国新诗之一瞥

2021年的中国仍然处于疫情背景之下,与此相对应,2021年度中国当代诗人的创作整体上处于一种沉稳平静的状态。与往年相比,2021年的中国新诗仍然呈现出多元化的美学格局。从创作题材与表现内容的角度来观察与概括,我将2021年度的新诗创作主要归纳成乡土叙事与地域写作、城市日常生活书写、爱情叙事与亲情叙事、个体生命体验呈现、自然景物与民族风情描写、智性写作与形而上写作等六种大的写作向度。这些写作向度体现出现实主义、现代主义、后现代主义、浪漫主义与古典主义的美学思潮。下面结合相关诗人的文本,对上述六种写作向度分别予以简要论述与阐释。

向度之一:乡土叙事与地域写作

中国是一个农业大国,中国文学尤其是中国诗歌中的乡土经验表达一直绵延不绝,直到21世纪的当下,中国新诗中的乡土叙事依然蔚然成风，这是与大多数中国当代诗人身上深刻的乡土（乡村）情结分不开的。

许多具有乡村背景的诗人虽然长期在大、中城市生活，但他们对于生养自己的乡村存有一种刻入骨髓的眷恋，可以说，乡土（乡村）情结已经深入他们的灵魂当中，因而，他们笔下的乡土叙事自然、亲切、质朴而动人。谢克强在《回到出生地》一诗中以白描般的手法，描叙了自己从大城市回到故乡的见闻与感受，村庄、河流、油菜花、泥土、谷粒、炊烟、野花、农谚等词语与意象在作品中的陆续出现，为作品带来了纯粹、浓郁的乡土色彩与情调，而在结尾处诗人所强调的"思念""乡愁引我归来""落寞孤独的暮年"，十分有力地表达出了诗人晚年回归故乡的真切心愿。全诗情绪悲喜交集，而以无限伤感作结，可以视作唐代诗人贺知章归乡诗篇的当代版，读后令人为之动容。李强的《双休日想念蜻蜓》叙述的是诗人在城市度周末但内心非常思念乡村的风景，在诗中，"蜻蜓"与"旷野""池塘""打谷场"等乡土意象并置在一起，体现出诗人内心深处浓郁、美好的乡村情感。作品语言空灵、清新，语调幽默，画面鲜明，意境优美，耐人寻味。与前面二位诗人的叙事动机有所不同，卢卫平的《秋千记》表现的则是诗人在农村度过童年时光的甜蜜记忆。该诗以第二人称的方式运用质朴的口语化语言，叙述了人到中年的"你"在树下荡秋千时摔下来的痛苦体验，诗作的结尾处，诗人写道："但你只能忍着不流泪/更不能用哇哇的哭声/叫来大人一边给你抹泪/一边给你米糖"，一下子便把诗人对于乡村童年生活的无比眷恋之情鲜活、生动地表现出来了，令人印象深刻，回味无穷。与卢卫平的《秋千记》相类似，大枪的《石拱桥》以诗人农村故乡的"石拱桥"作为其乡村生活回忆的载体（聚焦点），以精巧的构思角度与生动鲜明的语言意象，艺术化地呈现了诗人记忆中淳朴动人的乡村自然风光、男女恋人形象，以及乡间人物生死轮替、悲喜交集的人生百态，从中流露出诗人深沉难言的乡土情怀，给读者以强烈的情绪感染。

　　与前面几位诗人正面性地表达其浓郁的乡土情结有所区别，一些诗人从中国乡村在当今现代化潮流中被挤压或被同化的命运忧思中，曲折地表现出其身上存有的乡土情结或乡村情感。例如，"80后"女诗人熊曼在《在乡下》一诗中以冷眼旁观的姿态与现代性的话语方式，描叙了可能被"科技完全占领"的"乡下"的荒凉、冰冷与黑暗景象。诗作表面不动声色，实则流露出深深的忧患意识，警醒人心。晓弦的《仁庄的乡村俚语》则罗列了诗人南方农村故乡的一系列乡村俚语，充满浓厚的乡土（乡村）文化色彩。在诗的结尾，诗人用比喻的手法告诉人们，"仁庄的乡村俚语"如今"全没了踪影"，诗作以"乡村文化的消逝"来表现浓浓的伤感情绪。与诗作《仁庄的乡村俚语》的立意相类似，刘晓平的《遗忘的稻田》也以质朴的语言表达了诗人对于乡土（土地）命运的深深担忧："那些生长稻谷的土地已越来越少"。诗人在作品中所表现出来的深刻的"水稻情结"与"饥饿记忆"，其实有力地显示出他身上浓郁的乡土（土地）情结。当然，这种乡土（土地）情结与忧患意识紧密地纠结在一起。作为一种思想、精神层面的呼应，吴昕孺的《参观杂交水稻重点实验室，致敬袁隆平》与女诗人若离的《稻子哭了——悼袁隆平院士》均是以生动的语言、质朴的想象哀悼中国水稻之父袁隆平的抒情诗篇，两位诗人身上有意无意流露出来的"水稻情结"，其实就是乡土情结的典型体现，非常有力地展示了他们对乡村生活的热爱。而这一点在具有乡村背景与乡村生活经验的诗人身上颇具普遍性。

此外，木汀的《叶》、孙大梅的《故乡》、高凯的《萤火虫的光亮才是最亮的》、刘向东的《山梨树》、罗至的《河水高度——童年故乡纪事》、欧阳白的《雨中新市镇》、弭节的《谷雨的世界》等文本均在乡土叙事方面有其可圈可点之处。

还有一批具有乡土情怀的诗人，则在其诗歌写作中由乡土生活方式叙事转向地域风光与地域文化呈现，即由乡土叙事转向地域写作。简单说来，乡土叙事与地域写作存在一定关联，因为在地域文化版图中，乡土（乡村）文化占据着相当大的比重。换言之，地域写作在较大程度上就是对不同地域的乡土文化内涵与特色予以审美性的揭示。例如，出生于浙江居住于杭州的诗人黄亚洲为我们带来了一首充满西湖文化元素的诗作《龙井村》。该诗以诗人在龙井村品尝龙井茶的陶醉体验为表现内容，以打通古今的想象方式为我们生动展示出西湖茶文化的悠久历史与人文气息，充满典型的江南文人雅士的审美情趣。来自江苏的诗人安娟英则为我们带来了一首《江南小调》，诗人运用细腻的笔触与怀旧的语调凸显了江南小调"吴侬软语"的地域文化特色与韵味。诗中的一系列意象成为一个个江南文化或江南风情的象征性符号，令人为之陶醉。来自广东的诗人丘树宏的《梅岭"六公"吟》则通过对"赵佗""惠能"等六位历史文化名人的非凡业绩的艺术化叙述，展现了岭南文化古今绵延的灿烂与辉煌，令读者产生无限的崇敬与向往之情。来自湖北的诗人田禾笔下的《黄鹤楼》，运用鲜活的语言与出色的想象，为我们塑造了一个令人敬仰的诗意名楼的形象，展示出江汉文化的高度与厚重。来自湖南的诗人罗鹿鸣与汤红辉，分别用诗作《湘军之源》与《天门山》展示湖湘文化的铁血气质与湖湘景色的瑰丽奇伟。两首诗作豪迈大气的风格与其湖湘诗人身份认同的内在骄傲感构成对应关系，给人留下很深的印象。

与前述诗人本土性的地域写作有所不同，一些诗人是以"他者"的身份与眼光去书写对某一地域文化的印象与感悟，从而对该地域文化形成某种新的发现，给人带来某种新鲜的审美经验。例如，来自安徽的诗人李云在《天府之瓷》中用细腻的视觉意象与触觉意象，生动地勾勒出天府古瓷的动人艺术形象，诗人对它的膜拜心态一方面给人们带来一种审美惊奇感，另一方面凸显了天府文化的灿烂与神奇。来自湖北的诗人车延高的《棉花》以新疆棉花为书写对象，运用细腻、鲜活的语言表达与自然、优异的想象力，成功地塑造出了新疆棉花美好、纯洁、人性化的艺术形象，给人以新颖的审美感受。来自四川的诗人李自国的《昆仑玉》以出产于青海、新疆等高原地带的昆仑玉为观照对象，用雅致、庄重、大气的修辞风格，艺术性地勾勒出昆仑玉神秘、高贵的文化形象，展示出昆仑玉石文化的古老神奇与斑斓动人。来自山西的诗人路军锋的《水泊梁山行》以山东历史文化名胜梁山泊为表现对象，以缅怀梁山英雄的悲情心态，用简洁而含蓄的语言叙述了那一段历史，表达了对于侠义文化的推崇。而来自四川的诗人彭志强在《毛氏红烧肉》一诗中，运用一系列味觉意象与充满色彩的视觉意象，生动传神地描写出了毛氏红烧肉带给人们的味觉体验，呈现出毛氏红烧肉作为湖湘饮食文化代表的丰富内涵。

向度之二：城市日常生活书写

相对于中国当代诗歌中乡土经验的饱和式表达，中国当代诗歌中的城市经验的表达则显得相对薄弱。而近些年来，这种情形有所改观，这是由于中国社会的城市化进程在加快，越来越多的诗人融入城市生活当中，因而，有一批诗人致力于城市日常生活书写，在其诗歌文本中传达出城市日常生活的审美经验。与乡土诗歌相比，城市诗歌所传达的审美经验通常具有十足的现代性与后现代性。

作为一位沉迷于城市日常生活的享乐型诗人，尚仲敏能够从城市日常生活方式中发现无数的诗歌素材与艺术灵感，或者说发现城市生活本身的诗意。在《走在凌晨三点的成都街头》一诗中，诗人以纪实手法描述了他在午夜的城市街头突然想起一个说话有趣的茶友（此人的口头禅是："我给你举一个简单的例子。"）的事。诗作运用质朴的口语简洁而流畅地叙述了诗人与这位有口头禅的茶友进行交流的日常生活场景，结尾处的说话语调暗含反讽意味，充满幽默情趣，让人读后会心一笑。与尚仲敏相类似，侯马也善于从城市日常生活场景中发现后现代性的诗意。他的《童年》一诗运用其惯用的生活化口语，描述了在城市的一座立交桥下，"一个奶奶和一个小学生／手牵着手／一边过马路一边放声齐唱／罗大佑的《童年》"的日常生活场景，随后用"我怔怔地听着"这一行为，以及"这位奶奶／应该是我的同龄人呵"的联想和"看来我真的老了"的感叹，态度暧昧地表达了诗人对一位城市中年女性（诗中"这位奶奶"）的天真快乐的羡慕之情。作品意涵丰富，趣味横生，令人莞尔。李斌的《在某高端理财私享会上走神》以生动的语言、幽默的语调与精彩的想象，描叙了诗人所在城市一个高端理财分享会的典型场景。诗的结尾处，人们疯狂的理财分享动作和热情，与诗人沉迷于词语选择的艺术创造行为，构成鲜明的反差，由此形成了文本非凡的喜剧性效果。赵立宏的《云南的大象》则以2021年中国城市居民乃至国际媒体广泛关注的大象迁徙事件为表现题材，运用简洁的生活化口语叙述了这件事情的始末。诗中引用了日本媒体对云南大象一路迁徙却始终未曾进城的播报话语（"如果在日本/就从东京到了大阪"），充满冷幽默的审美趣味，耐人咀嚼。

与前面几位诗人在城市日常生活书写上显露出后现代性或现代性的先锋美学趣味有所不同，一些诗人的城市叙事则更多地凸显出现实主义、浪漫主义、古典主义及现代主义的相对传统的审美姿态。例如，李木马的《动车库》以中国高铁为题材，体现了诗人对中国社会交通发展的高度关注。诗作运用拟人的手法与浪漫的想象，以精确、生动的语言与鲜明的意象，十分传神地勾勒出了动车检修库的图景与形象，作品明亮、庄重的语调有力地表现出了诗人的内心豪情。齐冬平的《沸腾》将关注的目光对准炼钢的高炉与高炉铁水沸腾的火热场景，诗作语言风格豪迈、雄健，节奏明快、有力，想象优异，超越时空，情感激昂而饱满，诗人作为新时代建设者的形象与一腔豪情跃然纸上，令人赞赏。与齐冬平《沸腾》一诗的立意类似，曾凡华的《血染的风采——关于中南大学机器人视觉感知与排雷兵的联想》以军人的无限豪情描述了机器人代替军人去排雷的场景。诗人以真诚、质朴的语言讴歌了科技的伟大力量与军人的热血精神，作品风格悲壮而崇高。与李木马、齐冬平、曾凡华三位诗人的浪漫主义姿态不同，安琪的《东门问茶》以回忆的视角描述了诗人自己在漳州的一段难忘的人生经历。作品的表现重点是亲情体验，诗作语言质朴，叙述简洁，情感真挚而深沉，充满古典韵味，感人至深。而徐庶的《蜘蛛人》则以城市底层的农民工为书写对象，采用物理仰视的视角，描绘了两个农民工挂着绳索在百米高楼搭玻璃的惊险场景。诗作语言表达质朴无华，想象大胆奇特，出人意料。"蜘蛛人"的人物意象设计，充满某种现代主义的审丑意味，却非常有力地表现出了城市底层工人的渺小与命运的艰辛，让人触目惊心。

除了上述诗人诗作，谭杰的《如果胡同会说话》、邓涛的《万丈的人间》、王彦山的《凌晨四点》、衣米一的《情感测量》、曹波的《恋人》、周野的《在茂名浪漫海岸》、丘文桥的《观云记》、舒喆的《黎明之前》、幽燕的《新春》、月剑的《别了，德令哈》、盛华厚的《冶仙塔的偶遇》、陈雨吟的《贝尔蒂丝》等在表现城市日常生活审美经验方面均有值得称道的地方。

向度之三：爱情叙事与亲情叙事

爱情主题是诗人们最为普遍地表现与触及的重要主题，它反映了诗人们对于爱情源自灵魂深处的强烈渴求。

一向以致力于爱情诗写作而著称于当今诗坛的雁西，在2021年度为我们带来了他的爱情诗篇《爱神》。这首诗以心灵独白的方式书写了诗人对爱情女神的想象。诗中爱神的形象既抽象又具体，她无处不在，如梦似幻，充满神性色彩。作品温柔亲切的语调，舒缓从容的节奏，超越时空的出色想象，使得整首诗溢出陶醉人心的情感力量。南鸥的《如果》也刻画了一位爱情女神的形象，作品情思纯粹，语调庄重，场景浪漫而唯美，充满生命的内在激情。杨志学的《神秘》与凌晓晨的《目光一闪》也是表现神秘体验的爱情诗篇，两首诗的语言表达均显得空灵、生动，不过杨志学的爱情叙述充满心灵的矛盾状态，给人以复杂的感受，而凌晓晨的爱情叙述却是单纯、清晰的，充满喜悦的感恩之情。华清的《读义山》则以唐代诗人李商隐（李义山）的爱情经历为叙述对象。诗人巧妙化用李商隐笔下的经典爱情诗句与意象，并以出色的想象设计了义山在花园里深情缅怀前世爱人的动人场景，作品节奏舒缓，语调低沉，充满淡淡的伤感，呈现出十足的古典性审美韵味。与前面几位诗人的超验性爱情叙事不同，刘川的《走路记》表现了一种形而下的爱情经验。诗人采用口语叙述自己走了可以用"二十支香烟的烟灰连接到一起"的路途来看望其爱人（即诗中的"你"），接地气的情爱表达与幽默审美效果的叠合，使这首爱情诗显得与众不同。唐成茂的《我方格纸上的日子甜蜜而忧伤》则表达了诗人对于爱人含有人间烟火气息的情感。诗作采用心灵独白的方式，用一系列具有传统意味的意象来营造浓郁的情感氛围，情调浪漫、唯美而古典，能打动人心。而田湘的《许多古老的事又重新开始》与黄劲松的《语言的法术》则在爱情叙事中充分展示出诗人不俗的词语想象力，前者通过自己与他人之间的对话，后者通过自我对话，表达对于爱情的认知，前者理性与感性有机融合，后者更多地展示出叙述的智慧。

与男性诗人相比，女性诗人笔下的爱情叙述通常更加细腻、含蓄与浪漫。宝兰的《向阳寨的小院》以质朴的语言与明朗的语调表达女诗人对浪漫爱情的渴望与诉求。作品通过描绘一幅幻想性的心灵图景来展开女诗人的爱情想象，情感的热烈与理性的克制之间，达成了一种美妙的平衡，令人回味无穷。王爽的《玫瑰的密信》以含蓄的语言与鲜明的意象,描绘了一个怀春的少女在月光下写情书的场景。作品语调温柔,意境朦胧而唯美,带有女诗人的某种精神自传色彩。与《玫瑰的密信》相比,冰虹的《虹之冰》带有更为鲜明的精神自传色彩。这首短诗以冰与虹为核心意象,通过童话般的想象,叙述了冰与虹之间互相爱慕、最终融为一体的爱情,充满浪漫、唯美的审美情调。与前面几位女诗人有所不同,三色堇在《这苍茫的人世》中将狭义的爱情升华成为广义的爱情。女诗人以抒情的语调、细致的笔触倾诉了自己对自然、诗歌、爱情的热爱,在这里,女诗人对人生的挚爱显然具有博爱的性质,令人赞赏。

除了上述诗人诗篇,陈树照的《时光不老,爱情不败》、北塔的《美人鱼》、王霆章的《风景区》、王舒漫的《抓在手里的海》、马培松的《菩提庄园》等爱情诗篇,在叙事与立意方面均有不俗的表现。

与爱情主题一样,亲情主题也是诗人们普遍表现与触及的重要主题之一。这与诗歌(无论古今)的抒情性特质关系密切。

泉子的《小祖母》以朴实而简洁的语言叙述了诗人二伯父的堂婶(小祖母)的一生。这位小祖母年轻守寡,含辛茹苦拉扯大孩子们并让这个家族枝繁叶茂,而她一直寂寞地活到了九十岁高龄才离开人世。诗作的语调颇为平静,但不难看出平静的语调下诗人对小祖母不幸遭遇流露出的深切同情。与泉子的《小祖母》一样,陈群洲的《祖母的画像》也是以缅怀祖母为主题的。诗作以祖母的画像为情思聚焦点,采用小说般的白描手法,讲述了祖母为给孙子留下最后的戒指不去医治眼睛导致左眼失明的感人故事。结尾处诗人写道:"记忆里的她,裹着三寸金莲/眼睛很大，很好看"，不但生动塑造出一位旧时代的娴淑农村妇女形象，也表达出诗人对祖母的深切怀念之情，让人难忘。与陈群洲的《祖母的画像》构思相似，张春华的《绿皮车》以绿皮车作为情思的载体，叙述了往日乘坐绿皮车前往外祖母家的情景，在时空的剧烈变换中表达对外祖母的缅怀之情。作品情绪忧伤，富有感染力。童蔚的《101》展示出女诗人对于数字的敏锐联想能力，以作者的母亲——九叶派女诗人郑敏女士101岁的生日为写作契机，通过几个与数字有关的人生场景的组接，表现了诗人对于人间亲情的珍贵与温暖的体验。同样是表达对母爱的感恩之情，唐晴的《母亲节》以母亲节这一特别的节日为情思激发点，通过"我在刀尖上舞蹈"这一幻想性动作与场景的描叙，以营造心灵幻境的方式表达出女诗人对母亲的报恩之情。陈小平的《给母亲的信》则采用想象中的母子对话方式（实际是诗人的独白），塑造出母亲包容、宽恕、慈爱、善良的可亲可敬的形象。诗作以抒情、平和的语调，倾诉了诗人在人到中年时对母亲依然怀有的高度信任与依恋情感，展现出诗人的母爱情结与赤子之心。马非的《在医院陪床》以其一向采用的生活化口语，叙述了诗人在医院陪护自己生病母亲的一段真实经历。在诗中，"我"与"妈妈"位置的互换，以及诗人充满智慧意味的语言表达，展示出"我"对"妈妈"血浓于水的关爱之情。与前面四位诗人对于母爱的表现相对应，路文彬的《为父亲节而作》与胡建文的《父亲节的礼物》则着力表现对于父爱的体验与感怀。前者通过作者对于逝去的父亲在黑夜与白昼之间一个片段性的幻觉描写，表达了诗人对于父爱的深沉体验。后者讲述作者开车带着一岁的儿子回老家探望自己老父亲的真实经历，重点表现儿子突然开口叫"爸爸"时自己的惊喜感受，表达出对"父爱接力"的温暖亲情的体验，让人无限感慨。此外，赵宏兴的《词语》、白海的《影子帖》、马慧聪的《江西雨》、陈巨飞的《青阳腔》等文本，在亲情叙事方面均有技艺含量，值得关注。

向度之四：个体生命体验呈现

诗歌写作说到底是一种个体行为，因此诗人通过诗歌这种文体表达个体性的生命体验是应有之义，而这也正是生命诗学的合法性之所在。

在对个体生命体验的艺术性呈现方面，一些诗人重点表达自己的情绪状态或特定情景中的一种心境，或者面对外物时的精神反应。潇潇的《极限》以"毛毛草"与"露珠"为核心意象，用极为简洁、有力的语言表达出了女诗人的痛楚与愤怒心情，呈现出一种负面性的生命情绪强度，令人难以忘怀。龚学敏的《愤怒》则通过描叙"愤怒的鸟群"飞翔在天空中的情景，与人类的愤怒构成一种对应关系，并以诗人失去自由为消极性想象，来宣泄诗人生命中的负面性情绪。诗作视野开阔，画面鲜明，元气贯注，一气呵成。与潇潇、龚学敏笔下的愤怒情绪表达不同，安海茵的《我和你的心仍如峭壁》通过语调平和的意象化叙述，表达出了女诗人在情感旅途中"疲倦而美好"的复杂感受，并在结尾处展示了自己孤高、清洁的灵魂状态。庄伟杰的《夏夜月光茶》用惬意的语调叙述诗人自己在夏夜月光下悠然品茗的情景，古典、唯美的境界契合并凸显出诗人陶然自乐乃至忘却凡尘的文人心态，作品充满东方式的审美情趣。与庄伟杰表达的积极性生命情绪方向一致，林秀美的《呼吸 在宽大的手掌间》展示了一系列自然意象。女诗人通过对生命往事的温馨回忆，表达出对过往岁月与生命本身的感恩。作品情绪色彩明亮，韵味悠长。梅尔的《时差》运用拟人手法生动地描叙了女诗人在异国他乡时的见闻与感受，表达了她对祖国的真切思念之情，作品中弥漫的乡愁情绪是温馨的。不同于梅尔《时差》中爱国情绪的表达，李皓的《羊耳峪》则是以一个新入伍战士的口吻与视角，表达了这位战士对家乡强烈的思念之情。诗人巧妙地从部队驻地"羊耳峪"的名称联想到战士家乡的羊叫声，凸显了文本的幽默效果。雨田的《日月山的吟唱》以唐朝的文成公主为缅怀、追思的对象，以心灵独白的方式通过对日月山景物的主观化描述，表达出诗人深入骨髓的怜香惜玉的文人情怀，充满浓烈的浪漫气息与抒情色彩。干海兵的《喊海》以旁观者的视角生动地描述了一位爱海者呼喊大海的行为与场景。诗人用出色的细节与艺术想象力描绘出了大海的景象，尤其是十分传神地表现了那位爱海者（即诗中的"他"）对于大海的炽热情感，凸显了其身上的"大海情结"，让人难以忘怀。不同于雨田、干海兵的以山海为情感载体，潘洗尘在诗作《多么彻底的冬天》中直接以季节为观照对象，以质朴无华的语言叙述了冬天的寒冷，其情绪基调为白色，同时以对比的手法表达了诗人对于温暖的强烈渴望与诉求，令人感同身受。与潘洗尘相反，王涘海诗作《奔跑的答案》的情绪基调为红色，诗人通过对南湖船、杜鹃等承载经典性革命历史文化内涵意象的精心运用与内心倾诉，表达了他对红色历史的高度认同，充满具有革命浪漫主义色彩的思想激情。刘以林的《家》则以神圣的语调与充满神性的意象描述了诗人心目中的理想居所，干净、纯粹的语言有力地展现出诗人灵魂看守者的美好形象，使作品充溢着优美而崇高的审美情感。而荒林的科幻长诗《谁在演奏颤抖的大自然的琴弦》则将关注的目光从个人居所（小家）转向人类的集体性家园，在诗中，大自然就是人类集体性家园的象征与隐喻。诗作采用心灵独白的方式，通过精心营造一系列自然意象，表现出女诗人关怀地球命运与人类前途的可贵人文情怀。作品视野宏阔，立意高远，情感真挚而饱满，扣人心弦。

有一些诗人将对生命本身的体验与感悟作为重点表现内容。例如，陈先发的《为弘一法师纪念馆前的枯树而作》将弘一法师纪念馆前的枯树作为诗思聚焦点。在此诗的语境中，枯树就是弘一法师生命状态的一种隐喻，诗人运用精确、雅致的语言，叙述了弘一法师临终对于生命"悲欣交集"的复杂体验，而法师的这一复杂生命体验引起了诗人内在的共鸣，令人无比感慨。梁平在《石头记》一诗中借助一块石头言说自己的生命体验。诗人采用拟人手法与独白方式诉说了自己丰富、复杂、充满坎坷的人生经历，展示出自己豁达、直率、坦荡的生命态度，俨然诗人的灵魂自画像。不像前面二位诗人采用化身为物的言说策略，保保在《身体剧场》中，直接以自己的身体为观照对象，诗人采用比喻与意象叠加的手法，十分形象地叙述了自己生命激情的流逝与自我意志的丧失，警醒人心。施浩的《破茧》以第一人称的方式叙述诗人自己渴望突破生命的障碍获得新生的欲望。诗作采用形象的比喻手法表达诗人实现生命"飞腾"的愿望，其积极心态值得赞赏。与《破茧》一诗追求生命的变化相反，涂国文的《时间简史》以娴熟的语言修辞技巧，在回顾了诗人大半生的充满悲情色彩的人生经历后，态度真挚地表达出了自己留住童年（保持童心）的生命愿望，令人十分感动。海男的《最近我的行踪》则以魔幻现实主义的表现手法叙述了女诗人内在分裂的精神状态："一个在天上/另一个在尘世"。诗作以超验性的想象力营造了"我"童话般的心灵幻象，由此生动地展示出女诗人具有丰富性与复杂性的灵魂图景。胡少卿的《一个人》同样采用魔幻现实主义的表现手法呈现一个人的死亡想象。诗人营造了一系列荒诞的主观意象来表现生命的重负，以此反衬出灵魂摆脱身体欲望后的轻松体验。萧萧的《再次写到尘埃》虽然把个人渺小的生命视作尘埃的一部分，但诗人对于生命的意义、价值与尊严却给予了充分的肯定。诗作以大气、豪迈的语言风格呈现诗人的死亡想象，给人以一种正能量的生命体验。相形之下，冯景亭的《在沙坡头城墙上我看到一张蜘蛛网》对待生命的态度带有某种悲观色彩。诗作以小说般的笔法清晰、流畅地叙述了作者的一段旅行见闻，诗中重要意象"残缺的蜘蛛网"的出现与运用，暗示了作者对生命的悲剧性认知。结尾处，诗人用"道具"来形容其与自己与他人的关系，有力地凸显出诗人对于生命本身的戏剧性体验。

还有一些诗人，则将其笔下的生命体验推进到人性观察与人性反思的境界。在此兹举两例：向以鲜的《卖面具的人》以简洁、夸张的语言描叙了诗人所看到的各种面具，以及卖面具的人所说出的带有现实批判意味的话语。诗作以寓言化的方式表达了诗人对人性复杂状况与人生百态的敏锐体认。姚风的《吃蟹》则以精确、精练的语言生动地描叙了诗人烹蟹与吃蟹的过程与场景。诗人对于烹蟹过程的残酷的理性体认，与其大快朵颐的吃蟹行为两相对照，在无意识层面凸显了人性的贪婪与残忍本质，发人深思。

除了前面论及的诗人诗作，孙思的《一对老人》、李南的《中年以后》、段光安的《王国维〈人间词话〉三境界》、曹有云的《空谷足音——致昌耀》、苏历铭的《戴河海滩》、姚辉的《星空》、王黎明的《光阴》、杨四平的

《葡萄酒》、杨北城的《我苍茫的心里装着整个黄昏》、徐丽萍的《空旷》、肖黛的《大雪时的疼痛》、晓音的《时间在他的眼睛里长满毒刺》、刘春的《回望》、张映姝的《甘草》、张林春的《独坐草间》、雪丰谷的《水酒》、方雪梅的《喝茶》、钱轩毅的《茶忆》、于慈江的《我的辛丑牛年春节》、李浩的《上苑纪》、中岛的《遗憾》、布木布泰的《阳光再奢侈一点我会泪流不止》、如风的《经过》、草树的《抖音》、念琪的《独唱》、宁明的《大寒》、罗晖的《冬日》、田凌云的《我在内心养着金黄的意念》、葛诗谦的《老墨和他的汗血马》、漆宇勤的《纸上团圆》、胡勇的《推开时光之门》、灵岩放歌的《春风上脸》、赵林云的《莫言印象》、王妃的《状态》、沈秋伟的《很多时候》、王爱红的《甚至……》、宇秀的《一把木椅》、张战的《黑马》、牛国臣的《烈士纪念日抒怀》、陈欣永的《燃烧的宿命》、罗紫晨的《洮州府志》、安德明的《久旱之后》、夏海涛的《滂沱》、郭建芳的《被春雨淋湿的守候》、黄晓园的《被小雨淋湿的感觉》、格风的《雨在他们的讲述中》、冬雪夏荷的《与花书》、王文雪的《风骨》、卡西的《黍离》、吴捍东的《心各一方》、高海平的《行走》、全秋生的《等待》、蒙古月的《永夜之夜》、石慧琳的《没有名字的日子》、娜仁琪琪格的《低处的事物》等诸多文本在不同艺术维度上呈现了极为丰富的生命体验。

向度之五：自然景物与民族风情描写

诗人们普遍具有自然情结，美丽神奇、多姿多彩的自然景物非常容易激发他们的艺术想象与审美情思,从而留下一首首用心用情描写的动人诗篇。

张烨的《致滴水湖》以出色的艺术想象力与鲜活灵动的语言,描述了身处荒野的滴水湖不染尘埃的圣洁之美。诗作画面鲜明,情感真挚,展示出女诗人高雅脱俗的灵魂的状态。滴水湖成为女诗人灵魂的镜像,令人印象深刻。林雪的《平复帖》以月湖为书写对象,女诗人运用雅致的书面语,节奏从容地描述月湖优美、宁静,足可疗养人心、慰安灵魂的四季风光,令人联想到瓦尔登湖。高兴的《哈巴河畔》以纯净、清新的语言与喜悦的语调,生动描绘了诗人在哈巴河畔看见天上星星与地上露珠的动人场景。诗人所表现出来的对大自然的敬畏与热爱心态,让作品洋溢着芬芳的情感气息。梁晓明的《〈小池〉——小荷才露尖尖角,早有蜻蜓立上头》则以超越时空的想象书写了宋代诗人杨万里笔下的小荷景象,诗人的怀旧情调让其眼中的小小荷花与初夏景色散发着浓厚的书卷气息。华海的《湿地》以人与自然对话的方式,极富想象力地描述了湿地里动物与植物的各种情态,彰显了诗人的自然情怀,给读者带来了一种温暖与感动的阅读感受。阎志的《清晨》用明朗、清新的语言描写了清晨的景色。诗人将自己的情思聚焦在从土里钻出的一颗芽上,构思精巧,视野开阔,收放自如,把诗人热爱自然的情感不露痕迹地呈现了出来。郭新民的《春天的约会》则将自己的情思聚焦在塬上的一棵杏树上。诗人运用大气、雅致的语言描述了春天里风吹塬上杏花的动人场景,作品画面感强,情绪浓烈。姜念光的《夏天的小镇》将一座小镇的夏日风光作为诗人的观照对象,用质朴、雅致、富有弹性的语言,描写了河滩边上的夏日小镇的清凉风光,充满古典的审美情感,韵味十足。曹谁的《京城的黄金银杏》以北京秋天的银杏作为书写对象，用排比的句式与流动的意象，绘声绘色地描绘出了银杏树叶一片金黄的动人景象，幽默的语调反衬出京城秋日美景对于诗人的巨大吸引力。北乔的《无形的存在》则以洮州卫城的土城墙为观照对象，采用拟人的手法和与岁月相关的自然意象，生动地描述了土城墙的现实境遇，表达出沉重的历史忧思。王童的《日食那刻》与杨清茨的《南湖的月亮》均以日月天象为表现题材。前者采用拟人手法，形象、细致地描绘了日食发生的经过与情景，展示出题材的独特性。后者也采用拟人手法，并以大气的词语与铿锵的节奏，围绕着南湖的月亮展开了时间跨度极长的风景描写，而作品的主旨是讴歌一种强大的革命精神与历史意志。与王童、杨清茨两位诗人的天体书写不同，田原与唐诗两位诗人则将审美关注的目光投射到动物身上。田原的《梅花鹿》以清新、流畅的语言与色彩鲜明的意象画面，形神兼备地描画出梅花鹿美丽、温柔、可爱的艺术形象，表现出诗人对梅花鹿的迷恋情感。唐诗的《红雀》则以精确、鲜活、简洁的语言与丰富的联想，成功地勾勒出冬天里一树红雀的可爱形象。诗作中天气的寒冷与诗人心灵的热度构成鲜明的反差，由此带来了文本的艺术张力。

有些诗人笔下的景物描写，具有鲜明的西部地域色彩，呈现出雄浑、壮阔、苍凉的美学特征。例如，李少君的《平凉的星空》以一个过客的身份与眼光，用粗犷、有力、精确的语言，描述了平凉动物成群、植物疯长、沟壑纵横的西部风光。在诗作结尾处，诗人对于平凉星空纯粹、绚丽景象的艺术化呈现，一下子把西部风景的神性特质凸显出来，给人以灵魂的深深触动。杨廷成的《致胡杨》以精练的语言、鲜明的意象与铿锵的节奏，生动地勾勒出胡杨高大、威武的西部勇士般的艺术形象，表达出诗人深刻的西部情感与西部文化认同感。彭惊宇的《在哈巴河，看奇幻的云》以流畅优美的语言，色彩缤纷的意象，丰富非凡的想象，描画出新疆哈巴河上空奇幻莫测的云彩、气象万千的瑰丽景象，表现出诗人对于新疆风景发自灵魂深处的赞叹与热爱之情。同样是描写新疆风景，亚楠的《从牧歌里走来》则将新疆的山谷、草原作为书写对象，以质朴的修辞、舒缓的节奏，描写了草原从春天到秋天的变幻多姿的景色，表达出一种思念草原、向往自然的乡愁体验。

还有一些诗人，有着少数民族的身份，当他以自己熟悉的家乡景物作为描写对象时，往往会自觉或不自觉地呈现民族文化风情，传达民族情感与民族意识。在此举出几个比较典型的例子：具有国际影响的彝族诗人吉狄马加在2021年度为我们带来了一首《马勺》。马勺是彝族人民普遍使用的日常生活用具，在这首诗里，诗人怀着深厚的民族情感，采用心灵独白的方式，通过质朴、精确、生动的语言，以及一系列出色的想象，描述了马勺在延续彝族人民的生活方式中的无可替代的重要功能与价值。作品地域色彩鲜明，民族气息浓郁，情感真挚而强烈，给读者以深沉的审美感动。藏族诗人牧风的《甘南速记》则用明快的节奏、丰富的想象、多彩的笔触描画出了甘南的绚丽风景。诗人在诗作中大量采用了诸如神山、格桑、雪莲等具有鲜明甘南地域风情的意象，使文本呈现出典型的藏族审美文化意涵。而普米族诗人鲁若迪基的《跑马溜溜的山上》则以康定城为审美观照对象，运用诙谐、明快的语言描述了诗人对于康定城、跑马山以及康定情歌与康定女子的直观印象，展现出少数民族诗人特有的幽默、智慧与重情重义，让人读后另有一番风味在心头。

在2021年度众多写景性的诗篇中，赵晓梦的《山中望月》、慕白的《傍晚的扎鲁特》、花语的《文成瀑布》、王桂林的《黄河上最后一座铁链桥——致谭雅丽》、阿信的《现场》、刘益善的《逶迤之诗》、胡刚毅的《与乌云通电话》、高作苦的《浔江暮雨》、孙大顺的《西湖》、龚刚的《太阳走失了一群奔马》、干天全的《火山，请将我喷向天空——写在蒂普亚》、杨梓的《十二时辰》、堆雪的《北风》、孔令剑的《花坡行》、朱文平的《骑马的少女——致MY》、沙克的《感春句》、秦风的《春雪与樱花帖》、程晓琴的《院落里的三月天》、曾若水的《发现》、远村的《诗人之乐》、白公智的《与子书》、艾子的《清澈到海水变蓝》、刘合军的《宝峰湖的水》、游华的《白沙湖印象》、彭桐的《风之潮》、爱松的《江水谣》、度母洛妃的《一根羽毛，丈量时空》、虎兴昌的《甘南》、西玛珈旺的《拉萨即景》、王琪的《格尔木河》、李立的《吉水万里大道》、温古的《水磨村，石头河床》、甘建华的《石鼓书院的月亮》、吴投文的《当你拿起遥控器》、谭畅的《猫》、庄晓明的《庭院》、廖志理的《合欢》、李建军的《水声》、梅黎明的《水杉树》、徐明的《唯有芦花》、吴涛的《观岩画》、孔庆根的《星辰——兼致凯里李一薇校长》、明素盘的《鲁朗林海》、茶山青的《四月樱花，来我诗里》、杨映红的《四月雪》、林江合的《雪地上有虎的影子》、银莲的《南津驿古道》、祝雪侠的《玻璃栈道》、边海云的《辉腾锡勒草原》、周广学的《溪边漫步》、肖春香的《等一场雨》、多米的《稻田》、张应辉的《乡村几缕炊烟》、左清的《月色》、陈琼的《立秋》、白发科的《秋声》、裴郁平的《河水漂来蓝蓝的梦》、塔里木的《大海》、绿野的《多浪河畔冬日的黄昏》等文本均有不俗的艺术品位。

向度之六：智性写作与形而上写作

众所周知，现代诗的一个重要功能是表达思想观念（理念）的，因而，智性写作与形而上写作也是现代诗写作的题中之义。

所谓智性写作，简单说来就是诗人在其文本中通过渐悟与顿悟的方式展示出生命与思想的智慧。作为21世纪以来"学院派写作"的一位重要代表，臧棣的诗歌写作的智性色彩与品质非常鲜明，为诗坛所公认。2021年，臧棣的《转引自贝克莱》展现出其一贯的智性写作风格。该诗运用精准的修辞、幽默的语调，探讨人生的意义、生命的潜力、世界被体验的可能性等充满文化含量的话题，文本的结尾引用了维特根斯坦关于语言与沉默之间关系的名言，顿时使得思想的智慧之光闪现出来，引人深思。吕约在其《拉黑》中，以其一贯的先锋姿态将写作灵感聚焦于当今流行的"拉黑"一词，对许多事物进行了思想、意念层面的解构。文本以词语狂欢的表现方式展现出黑色幽默的审美趣味，并以大胆反叛的姿态凸显了一种后现代性的思想智慧。与前面二位诗人的先锋写作姿态不同，叶延滨在《过期了》中以一种日常人生经验表达的方式来呈现诗人对事物的智慧感悟。该诗篇幅精短，以"一滴水"作为核心意象，串联起三种事物、三个场景，且都用"过期了"这种时间的变化来展示事物的质变现象，展现时间本身创造出来的奇迹。诗作语言质朴，但寓意深远，值得读者再三品味。陆健的《我知道我什么都不是》以质朴无华的语言，娓娓诉说诗人对于他人、对于自己的认知过程。诗人通过生命的自我内省方式，追求真善美的精神境界，展示出一种具有儒家文化色彩的生命智慧。师力斌的《读<南方人物周刊·九十李泽厚最后的访谈>》则以幽默的语调与矛盾的修辞评价当代的一位文化名人。诗作着眼于被评价人物重要的思想史地位与其才华、境遇与命运之间形成的巨大反差，这种荒诞性的叙事迸发出了现代性的智慧之光，值得赞赏。相比师力斌，周占林在《和小蚂蚁谈心》中则以一种传统的叙事方式来表达诗人对于人类的认知。诗作用通俗易懂的话语描述了"孙子"与"一只小蚂蚁谈心"的日常生活场景，诗的结尾处，诗人突然生出的"此时的我们是多余的"的感悟，凸显了孩童世界的天真美好与无比可贵，让人会心一笑。石厉的《登机》则以朴素的语言叙述一个人消除自己顽习（恶习）的无比艰难，但诗人随后强调自己登上飞机后看见下面"一切皆空"的人生经验，总结出这一经验可以治疗一个人的顽习，这种通过人生的渐悟得来的智慧值得我们重视。与通过"登机"获得人生智慧不同，周庆荣的《山的那一边》与胡丘陵的《天门山索道》则是通过自己登山或观察别人登山的行为去寻找事物的真相。前者运用含蓄、有力的语言叙述诗人从山脚往山顶攀登的过程与体验，最后发现，"一座山通常有两个侧面/这一侧是现实/那一侧是未来"，令人有某种醍醐灌顶之感。后者则用清新、流畅的语言与幽默、反讽的语调，叙述了自己对于天门山游客的理性观察：大家都习惯坐索道登山，因为这样可以走捷径，省略了艰难跋涉，结果却是，"路，在下面/却不在脚下"。由此，诗人发现，"因为金钱"，人们的攀登行为出现了异化现象，足以令人警醒。

与智性写作紧密相关的，便是形而上写作，两者都致力于表达思想智慧，但与智性写作相比，形而上写作更讲究抽象思辨，更具有哲思色彩（即人们通常所说的哲理），我们可以把形而上写作理解成智性写作的高级形态（实际上，二者之间的界限有时比较模糊，难以区分）。2021年出现了一些形而上写作的优秀文本。王家新的《柏林，布莱希特墓地》以第二人称的方式描叙了诗人所见的布莱希特墓地的景象。诗作运用精确的语言与冷静的语调展开了关于布莱希特的死亡想象，诗人认为，死亡"不再成为你的负担"的意念，具有死亡哲学的浓厚色彩，由此显示出形而上写作的意味。阎安的《乌云在世界的头顶放了两个蛋》对世界形象的描述具有玄奥暧昧的性质，文本中的"乌云"与"世界"两个意象的设置与阐释，具有极为浓厚的形而上哲思色彩。根据文本的语境来推测，这是人类生命的悲剧命运的隐喻，暗示世界万事万物的空虚本质与毁灭结局。诗歌所展现的诗人的悲剧意识值得我们高度关注。远岸的《思想者》以超验性的艺术想象与跳跃性的语言与意象画面，描绘出了一位思想者的形象。诗人以魔幻与暗示的手法，追索一种神秘的、超越性的思想理念。与阎安、远岸诗作的超验色彩不同，高世现的《完美》以经验对诗人的身体进行直接的打量，以出色的比喻与联想描述了诗人的身体状态，同时表达了诗人生命存在的空虚理念，展现出生命哲思色彩。蔡天新的《因果》先是以逻辑思辨的方式，对事物之间的因果关系进行了一系列直观性的展示，然后对人类的心灵奥秘与精神需求进行了哲学性的追问，诗人的情感逻辑就是该诗的哲思内涵。方文竹的《风在风里论证了波浪》同样以逻辑思辨的方式展开了关于历史、生活、人生的形而上追问。诗人采用了矛盾修辞的方式，机智地表达其对世界的独特感悟与思想发现，让人颇感惊喜。丫丫的《匿痕中的形而上学》也以矛盾的修辞与抽象的思辨方式，叙述人生现象的种种不可理喻，女诗人对于伟大事物的充满辩证法色彩的思想认知，有力地凸显出文本的形而上特质（正如文本标题所展示的那样）。

此外，柏坚的《断想》、徐春芳的《论历史》、超侠的《思想的光》、远帆的《哲学的慰藉——读〈伊壁鸠鲁笔记〉》、顾北的《住山上的人》、梁尔源的《在人祖山想起了诗人大解》、火火的《祖坟山》、马启代的《谭嗣同墓前》、吴光琛的《赤壁感怀》、熊国华的《名片》、陈新文的《命运》、柯桥的《云冈》、吴海歌的《树也有自己的势力》、蒋兴刚的《栅栏里的草》、孤城的《那些草们》、三泉的《我把自己比喻为一枚去年的核桃》、刘雅阁的《杏仁》、姚江平的《默契》、李永才的《鸟语的音乐性》、蔡新华的《凝视》、安然的《难过》、曾春根的《再次说到棋子》、黄育聪的《向讨厌的人致敬》、吴光德的《诗人，雕不出一支笔所赋予的重量》、刘春潮的《水的平方是大海》、谢小灵的《格拉克的阳台》、真真的《灵魂与存在》、武稚的《星空》、邓醒群的《无法抵达的语言》、杨佴旻的《温暖的地狱》、黑骏马的《简单的生活》、陈映霞的《山里人的远方》、张耀月的《入伏简史》、雪鹰的《田庐遇雨》、上官文露的《美人的丛林》、刘西英的《伟大的蚂蚁》、冯娜的《蜂鸟》、周荣新的《鹰与蚯蚓》、马海轶的《狼毒花》、梁雪波的《裂变的花冠》、郭卿的《花坡》、王忆的《喀斯特》、马文秀的《奔波》、孙澜僔的《钉子》等文本也在智性写作或形而上写作方面有其值得赞赏之处。

全面来看，2021年的中国新诗写作无论在思想主题与题材内容，还是在表现技巧、创作方法与美学风格上都是非常丰富多元的，在反映社会现实、时代精神以及人类思想情感经验的广度、深度、厚度方面，都取得了令人瞩目的成绩。尤其令人欣慰的是，当下众多中国优秀诗人在创作中体现出越来越成熟、越来越自信的艺术心态，他们所从事的审美创造越来越多地展现出中国经验、中国风格与中国气派，对西方诗歌的现代性美学经验也进行了成功的本土化转型与实践。如同往年一样，限于篇幅与视野，不少优秀诗人的出色文本未能在本文中予以论述，此为遗憾。不过，2021年中国当代诗人的审美艺术创造值得我们充分肯定，期待诗人们在接下来的一年里，能够创造出具有更多大气象、大格局、大境界的杰出诗歌文本！

2022年3月21日（世界诗歌日）—3月26日，
写于北师大珠海校区文华苑五号楼5227室

目　录

一　月

致滴水湖	张　烨	003
棉　花	车延高	004
我知道我什么都不是	陆　健	005
乌云在世界的头顶放了两个蛋	阎　安	006
哈巴河畔	高　兴	007
夏天的小镇	姜念光	008
天府之瓷	李　云	009
走路记	刘　川	010
呼吸　在宽大的手掌间	林秀美	011
爱　神	雁　西	013
词　语	赵宏兴	014
走过楼兰的商队	李东海	015
逶迤之诗	刘益善	017
跑马溜溜的山上	鲁若迪基	018
湘军之源	罗鹿鸣	019
大风起兮	梦天岚	020
我把自己比喻为一枚去年的核桃	三　泉	021
猫	谭　畅	022
拉萨即景（节选）	西玛珈旺	023
星　空	武　稚	025
时间在他的眼睛里长满毒刺	晓　音	026
名　片	熊国华	027

论历史	徐春芳	028
空　旷	徐丽萍	029
蜘蛛人	徐　庶	030
从牧歌里走来	亚　楠	031
吃　蟹	姚　风	033
乡村几缕炊烟	张应辉	034
火山，请将我喷向天空	干天全	035
无法抵达的语言	邓醒群	036
月　色	左　清	037

二 月

柏林，布莱希特墓地	王家新	041
石头记	梁　平	042
在人祖山想起了诗人大解	梁尔源	043
叶	木　汀	044
家	刘以林	045
登　机	石　厉	046
红　雀	唐　诗	047
十二时辰（节选）	杨　梓	048
默　契	姚江平	050
我的辛丑牛年春节	于慈江	052
立　春	邝　慧	053
东梓关	育　邦	054
拉着板车，走西藏的男人	白恩杰	056
断　想	柏　坚	057
无形的存在	北　乔	058
时光不老，爱情不败	陈树照	059

完　美	高世现	060
真　诚	郭栋超	061
一个人	胡少卿	062
大　海	塔里木	063
云　冈	柯　桥	064
斑马线	孔晓岩	065
除　夕	李　景	066
新年的第一首诗	梁潇霏	067
裂变的花冠	梁雪波	068
目光一闪	凌晓晨	070
整个下午，都在念桃花潭	刘　卫	071
水泊梁山行	路军锋	072
如　果	南　鸥	073
纸上团圆	漆宇勤	074
沸　腾	齐冬平	075
经　过	如　风	076
没有名字的日子	石慧琳	077
状　态	王　妃	078
风景区	王霆章	079
水磨村，石头河床	温　古	081
匿痕中的形而上学	丫　丫	082
情感测量	衣米一	083
甘　草	张映姝	084
灵魂与存在	真　真	085

三　月

为弘一法师纪念馆前的枯树而作	陈先发	089
愤　怒	龚学敏	090

读义山	华　清	091
天门山索道	胡丘陵	092
春天的约会	郭新民	093
昆仑玉	李自国	094
回到出生地	谢克强	096
我方格纸上的日子甜蜜而忧伤	唐成茂	098
许多古老的事又重新开始	田　湘	100
黑马	张　战	101
鸟语的音乐性	李永才	102
凝视	蔡新华	103
空谷足音	曹有云	104
抖音	草　树	105
命运	陈新文	106
贝尔蒂丝	陈雨吟	107
院落里的三月天	程晓琴	108
三叠泉，我听到从天而降的战马	高发展	109
湿地	华　海	110
阔禅美人茶	黄莱笙	111
祖坟山	火　火	112
与花书	冬雪夏荷	113
在我推开门的那一刻	贾　丽	114
栅栏里的草	蒋兴刚	115
水声	李建军	116
等一场春雨	刘心莲	117
因爱而生的执着	柳　苏	118
黄昏	路小曼	119
菩提庄园	马培松	120
幻灭	莓景	121

低处的事物	娜仁琪琪格	122
大　雪	宋吉雷	123
玫瑰的密信	王　爽	124
惊　蛰	徐小泓	125
葡萄酒	杨四平	126
南津驿古道	银　莲	127
绿皮车	张春华	128
溪边漫步	周广学	129
庭　院	庄晓明	130
黄果树瀑布	庄永庆	131

四　月

平凉的星空	李少君	135
走在凌晨三点的成都街头	尚仲敏	136
清　晨	阎　志	137
读《南方人物周刊·九十李泽厚最后的访谈》	师力斌	138
感春句	沙　克	139
我和你的心仍如峭壁	安海茵	140
诗人之乐	远　村	141
向阳寨的小院	宝　蘭	142
石拱桥	大　枪	143
影子帖	白　海	144
美人鱼	北　塔	145
发　现	曾若水	146
行　走	高海平	147
住山上的人	顾　北	150
被春雨淋湿的守候	郭建芳	151

05

光的抗辩性	黄挺松	152
星　辰	孔庆根	153
身体剧场	倮倮	154
多浪河畔冬日的黄昏	绿野	155
谷雨的世界	弭节	156
鲁朗林海	明素盘	157
春雪与樱花帖	秦风	159
观云记	丘文桥	160
黄河上最后一座铁链桥	王桂林	161
日食那刻	王童	163
纪念春天	渭波	164
牡　丹	熊游坤	165
天宝古村	徐良平	166
《武侯祠》补记	杨角	167
南湖的月亮	杨清茨	168
归　巢	姚宏伟	170
一把木椅	宇秀	171
莫言印象	赵林云	172
我在内心养着金黄的意念	田凌云	174

五　月

马　勺	吉狄马加	177
最近我的行踪	海男	179
萤火虫的光亮才是最亮的	高凯	180
黄鹤楼	田禾	181
母亲节	唐晴	182
再次说到棋子	曾春根	183

久旱之后	安德明	184
坳口风物	蔡启发	185
京城的黄金银杏	曹 谁	186
四月樱花，来我诗里	茶山青	187
夜·秋雨	陈剑虹	189
给母亲的信	陈小平	190
松 果	枫 笛	191
落笔是你	冯果果	192
雁 字	蒋德明	193
黍 离	卡 西	194
江西雨	马慧聪	195
永夜之夜	蒙古月	196
等 待	全秋生	197
小祖母	泉 子	198
稻子哭了	若 离	199
格尔木河	王 琪	201
水 酒	雪丰谷	202
南 音	语 伞	203
向讨厌的人致敬	黄育聪	204
雨在他们的讲述中	格 风	205

六 月

龙井村	黄亚洲	209
童 年	侯 马	210
神 秘	杨志学	211
奔跑的答案（组诗选二）	王浃海	212
大 寒	宁 明	214

祖母的画像	陈群洲	215
风在风里论证了波浪	方文竹	216
木　偶	何伟征	217
霞客院	李林芳	218
在磨灭	梁　潮	219
遗忘的稻田	刘晓平	220
穿着麻布衣的船工	卢　辉	221
为父亲节而作	路文彬	222
河水高度	罗　至	223
奔　波	马文秀	224
河水漂来蓝蓝的梦	裴郁平	225
美人的丛林	上官文露	226
积　木	施　展	227
致异乡人	舒　然	229
钉　子	孙澜僖	230
光　阴	王黎明	231
心　迹	王立世	232
我在江南有一座房子	王若冰	233
李　白	王　伟	234
凌晨四点	王彦山	235
当你拿起遥控器	吴投文	237
四月雪	杨映红	238
独坐草间	张林春	239
云南的大象	赵立宏	240
鹰与蚯蚓	周荣新	241

七 月

血染的风采	曾凡华	245
101	童 蔚	247
平复帖	林 雪	248
双休日想念蜻蜓	李 强	249
夏夜月光茶	庄伟杰	250
文成瀑布	花 语	251
傍晚的扎鲁特	慕 白	252
毛氏红烧肉	彭志强	253
现 场	阿 信	254
辉腾锡勒草原	边海云	255
因 果	蔡天新	256
倾听花开	程绿叶	257
时光塑造一种沉默	凤 萍	258
推开时光之门	胡 勇	260
被小雨淋湿的感觉	黄晓园	261
尕让沟的春天	孔占伟	262
在某高端理财私享会上走神	李 斌	264
动车库	李木马	265
春风上脸	灵岩放歌	266
回 望	刘 春	267
伟大的蚂蚁	刘西英	268
风之潮	彭 桐	269
在寒山寺邂逅一场雨	唐江波	270
雨中遐思	涂映雪	271
喀斯特	王 忆	272
心各一方	吴捍东	273

再次写到尘埃	萧　萧	274
花非花	彧　蛇	275
入伏简史	张耀月	277
给烟花评个奖	赵之逵	278

八　月

在哈巴河，看奇幻的云	彭惊宇	281
中年以后	李　南	282
羊耳峪	李　皓	283
卖面具的人	向以鲜	284
日月山的吟唱	雨　田	285
星　空	姚　辉	287
东门问茶	安　琪	289
难　过	安　然	290
思想的光	超　侠	291
春风帖	陈安辉	292
万丈的人间	邓　涛	293
我就是一个傻瓜蛋	耕　夫	294
花坡行	孔令剑	295
儿时的年味	林　琳	296
草　药	林新荣	297
冬　日	罗　晖	298
洮州府志	罗紫晨	300
这苍茫的人世	三色堇	301
古老的句点	盛祥兰	302
破　茧	施　浩	303
星辰与孤独的村庄	唐小桃	304

草原见面礼	王夫刚	305
侏儒绒猴和小人国	王晓露	306
在龙羊峡看黄河	苇 欢	308
树也有自己的势力	吴海歌	309
等一场雨	肖春香	310
唯有芦花	徐 明	311
田庐遇雨	雪 鹰	312
我苍茫的心里装着整个黄昏	杨北城	313
雪地上有虎的影子	林江合	314
立 秋	陈 琼	315
你在天上骑着快乐的骆驼	夏 放	316

九 月

山的那一边	周庆荣	319
梅花鹿	田 原	320
时 差	梅 尔	322
一根羽毛，丈量时空	度母洛妃	323
合 欢	廖志理	324
往 事	唐德亮	325
江南小调	安娟英	326
恋 人	曹 波	328
浔江暮雨	高作苦	329
那些草们	孤 城	330
谭嗣同墓前	马启代	331
甘南速记	牧 风	332
烈士纪念日抒怀	牛国臣	333
豆腐房丢弃的石磨	苏文田	334

故　乡	孙大梅	335
甚至……	王爱红	336
赤壁感怀	吴光琛	337
仁庄的乡村俚语	晓　弦	338
在送葬的路上	徐　芳	339
谦虚的哑语	幽林石子	341
白沙湖印象	游　华	342
禅　意	胡冰彬	343

十　月

极　限	潇　潇	347
秋千记	卢卫平	348
喊　海	干海兵	349
参观杂交水稻重点实验室，致敬袁隆平	吴昕孺	350
王国维《人间词话》三境界	段光安	351
在乡下	熊　曼	352
和小蚂蚁谈心	周占林	353
宝峰湖的水	刘合军	354
秋　声	白发科	355
江水谣（组诗节选）	爱　松	356
阳光再奢侈一点我会泪流不止	布木布泰	358
花　坡	郭　卿	359
简单的生活	黑骏马	360
西　湖	孙大顺	361
如果胡同会说话	谭　杰	362
天门山	汤红辉	363
哲学的慰藉	远　帆	364

遗　憾	中　岛	365
在茂名浪漫海岸	周　野	367
骑马的少女	朱文平	368
相　见	张　民	369
夜听秋声	秋　池	370
黑在四处弥漫	王近零	371
水的平方是大海	刘春潮	372
甘　南	虎兴昌	373
燃烧的宿命	陈欣永	374

十一月

过期了	叶延滨	377
《小池》——小荷才露尖尖角， 　　早有蜻蜓立上头	梁晓明	378
多么彻底的冬天	潘洗尘	379
戴河海滩	苏历铭	380
水杉树	梅黎明	382
梅岭"六公"吟（节选）	丘树宏	383
大雪时的疼痛	肖　黛	385
山中望月	赵晓梦	386
格拉克的阳台	谢小灵	387
思想者	远　岸	388
喝　茶	方雪梅	389
蜂　鸟	冯　娜	390
石鼓书院的月亮	甘建华	392
赶大集	郭富山	393
与乌云通电话	胡刚毅	394

风筝的随想	剑　峰	395
杏　仁	刘雅阁	396
狼毒花	马海轶	397
茶　忆	钱轩毅	398
风　骨	王文雪	399
杨万里与小荷	王秀萍	400
诗人，雕不出一支笔所赋予的重量	吴光德	401
寻　觅	西　贝	402
滂　沱	夏海涛	403
温暖的地层	杨佴旻	404
别了，德令哈	月　剑	405
玻璃栈道	祝雪侠	406
时间简史	涂国文	407

十二月

拉　黑	吕　约	411
转引自贝克莱	臧　棣	412
山梨树	刘向东	414
一对老人	孙　思	415
在沙坡头城墙上我看到一张蜘蛛网	冯景亭	416
谁在演奏颤抖的大自然的琴弦（科幻长诗节选）	荒　林	417
在医院陪床	马　非	420
致胡杨	杨廷成	421
吉水万里大道	李　立	422
太阳走失了一群奔马	龚　刚	423
清澈到海水变蓝	艾　子	424
与子书	白公智	426

14

虹之冰	冰 虹	427
码 字	曹 坤	428
青阳腔	陈巨飞	429
北 风	堆 雪	430
稻 田	多 米	431
老墨和他的汗血马	葛诗谦	432
心脏信号	谷未黄	433
在昌邑王城遗址	洪老墨	434
父亲节的礼物	胡建文	435
语言的法术	黄劲松	436
上苑纪	李 浩	437
钥 匙	卢时雨	438
独 唱	念 琪	439
雨中新市镇	欧阳白	440
茶 道	青 铜	442
很多时候	沈秋伟	443
黎明之前	舒 喆	444
劈 柴	王爱民	445
蛛 丝	王珊珊	446
抓在手里的海	王舒漫	447
观岩画	吴 涛	448
冶仙塔的偶遇	盛华厚	449
新 春	幽 燕	451
独 钓	张丽明	452
妈妈，不是我一个人不原谅你	鹤 轩	454
山里人的远方	陈映霞	455

编后记　　　　　　　　　　　　　　　　457

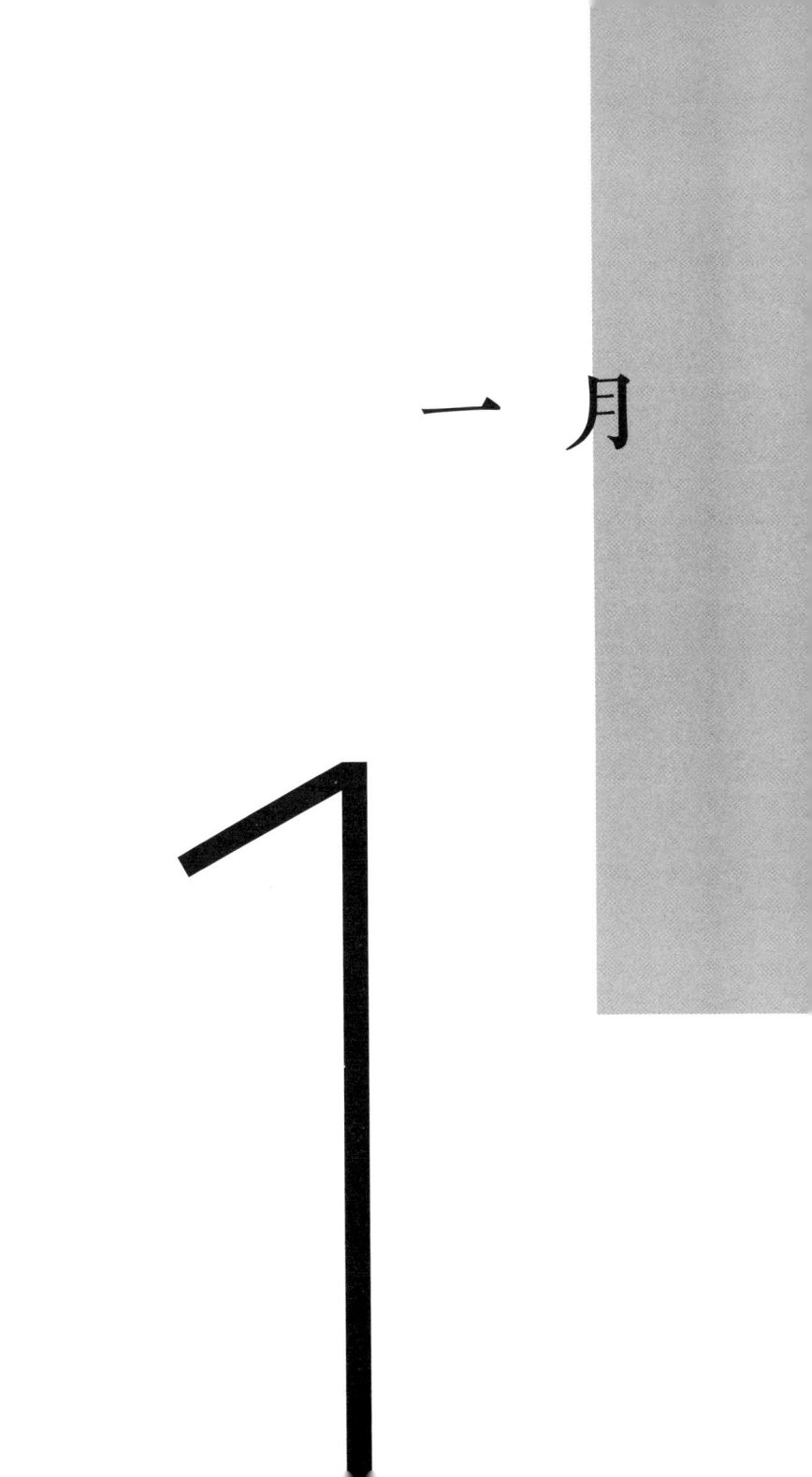

一月

1

致滴水湖

张 烨

一滴水从天而落
在荒芜干涸中安家
如同排云一鹤，诗情碧霄
引来各地诗人
你的每朵浪花都变成了诗

美在偏僻
我喜欢你布衣荆裙安静如空气
这年代，西湖愈发人工美了
水中插入庞大的现代建筑
夜夜困坐在灯火燃烧之中
有一天，你也会这样么？
你女菩萨般的眼睛
噙着悲悯

见到你我的心境便浩瀚起来
小舟轻漾在浪花尖尖
漫过尘世的诱惑、种种烦恼
直到漫过
诗歌的至高无上

棉　花

车延高

是纯而又纯的白
和我，和每个要活的人都有关系

新疆的棉花堆起来，就是天山深处
最自由的云

棉花很软，不懦弱
在冰天雪地的地方，在风冻得瑟瑟发抖时
会把一种最具人性最体贴的温暖给人间

棉花不会说话，是柔情缱绻的
认识采摘的手
认识每一部收割的机器

棉花，属性温暖
没有想过与人为敌
也不想在一个不合时宜的季节
遭遇虫害

我知道我什么都不是

陆　健

以前我不这样的。我总认为
很多人,什么都不是
到处别别扭扭的

直到有天受到棒喝
你讲这话,可把自己排除在外?
从此我评价他人,内心
先朝自己开火

如今当然,别人并非什么都是
起码,他们是他们。他们的可爱
之处,更多进入我的视域

我赞美他人,且不奉承阿谀
我说,你真美。是我愿意
她像我希望的那样美
我说,你的确优秀。是我希望
他能走到我的前面去。走得更远

我得到前所未有的舒适感
面对他前行的背影
没有弓箭。我手持鲜花
这也是他所知道的

乌云在世界的头顶放了两个蛋

阎　安

在世界拉长了脖子的头顶
乌云让天鹅
生了两个蛋
一个生在大海边的草丛中
一个生在山顶　比刀尖还锐利
连云朵和鸟巢都不容易停留的
一块岩石明晃晃的尖端

世界的头顶就是乌云的头顶
乌云的两个蛋
一个存放在海水和军舰的阴影中
一个存放在陌生人的梦中
那里天空的瓦蓝和星辰的碎屑
仿佛沉默的骨灰沉睡在
世界的骨灰瓮中

哈巴河畔

高 兴

我们站在哈巴河畔
望着星星
一颗一颗亮了起来
发出孩童般的尖叫
仅仅半个小时后
夜幕便挂满了灯盏
并一寸一寸地垂下

谁也没有注意到
不远处的草地上
露珠也亮了起来
它们微微闪烁着
宛若一只只因为光
而拒绝入眠的虫子

夏天的小镇

姜念光

继续坐在青石上
谈论南北朝
往事和一番美意,顺流而下
鸣蝉啸傲,此起彼伏
它们的江湖生涯,正在高光时刻
而爱雪的人只是想着雪
应该喝上两杯
翻一翻去年的地理杂志
天地有私心,存了雪山和酒壶
嘱咐着早睡早起
绵羊粉红的嘴唇和四个蹄子
已经被青草上的露水湿透了
轻轻一看,有点儿出神
没有寺,也没有庙
河滩上全是冰凉的清醒的浪头

天府之瓷

李 云

把光收敛起来　如储藏
水和谷子，酒和盐巴
收敛起额头的智慧高光

抚摸它就是亲近它
使用它就是膜拜它

如玉浸入湖水深处
纹饰生动、新鲜，一条小径上
动物跳跃之间　定格的动词
白云卷起松枝颤动的指尖
瓷壁里的胎声回响
碎了，才露出其另外个性
如刀片一样锋利
正暗合水变成冰的裂变哲理

天府古瓷，如水敛光
没有年轮和时间
忘了或者记得出窑之时
是何年何月
只是冷却的目语下
温热如血盘旋在巴山楚水
日出而暖，日落而凉

走路记

刘　川

犹豫着该不该
来看你
一边走路
一边抽烟
一盒烟抽完了
我也到了你门前
你问我
走来的路有多长
我无语
若你还是要问
我就坐下来
掏出一盒烟
闷头抽完
并把二十支香烟的
烟灰
接连到一起
给你看

呼吸　在宽大的手掌间

林秀美

风吹开记忆的缺口　往事
细碎　微小
像上清溪岩壁上的小花
不经意地摇曳　人世间
有多少一饮而尽的温暖岁月

多少年来　溪水依旧奔流
青山不断放大
一条鱼的呼吸　在你宽大的手掌间
镂刻成岁月的纹路

一条鱼　曾经有过的惊慌和恐惧
正像这些　满山的绿色
不动声色
在你的视线里
一条鱼和一个人的生命　同价
一个人的生命和一座江山　同价
端详一个生命　你的目光
亲切　又和蔼
目光有神　眼眸深邃温情
璀璨成我们最高远的星空

神话般的溪水是四月的翅膀
不期而至的嫣红　紫白

蛰伏山间　谁的内心深藏一片天空
一双手捧着一条鲤鱼
呼吸　在宽大的手掌间
宽大的手掌捧着辽阔的江山无价的生命
一声鸟鸣响彻天际
谁在表达
来不及说出的一声谢意和致敬

爱　神

雁　西

我的爱神，我知道，她无处不在
她看着我，看着我的时间
和空间
我的爱神，在我的情诗里游动
她离我最近，无论白天和黑夜
她常常提醒我看月亮
看星星
看稻谷，看寂静的荷花和莲叶
我的爱神
她来自神秘的苍穹
她有时像是一只白鹭，在云中
而一会又在田埂
池塘边
我的爱神，有时陪我看大海
我知道，每一朵浪花都是她
汹涌澎湃，风平浪静
她有时就是那只停在离岸不远
的船，在等我一起出行
我的爱神，就是我的
诗和远方
也是我的玫瑰，和正在深爱的洪江
我的爱神
也是我的她

词　语

赵宏兴

它们是车流，
红色的白色的黑色的紫色的……
在落了叶的马路上奔驰，
又在红灯前停下，
堵塞成长长的一列。
它们是汤加的火山，
摧枯拉朽的力量毁灭所有，
一切荣耀和邪恶，
都瞬间化为乌有。
它们是遥远的黑洞，
众多岩石的星体，
都围绕它们旋转，
旋转成浩渺的宇宙。
而窗内的我，
宁静的时光下，
生活是一个睡姿，
每天都会发生，
我在寻找一个词，
祝福我远方的亲人。

走过楼兰的商队

李东海

牢兰海[1]
藏匿了
一切
出了敦煌,从阳关向西
营盘镇的关卡,看了你们的牒报

从长安走来
丝绸、瓷器和茶叶
在你们驼队的身上琳琅满目
遇到沙暴和抢劫
你们也会九死一生地闯过
走过了轮台、龟兹和疏勒
你们还去过撒马尔罕、条支[2]和大食[3]
骆驼有多坚强,你们的热血就有多刚烈

太阳下山
楼兰的肉香已飘过了山野
骆驼的耳朵,已高高地竖起
店小二熟悉的嗓子,正在吆喝

东去西来的商队
穿梭在楼兰。他们不怕艰险的坎坷
他们怕匈奴的弯刀
会在寒冷的星夜,闪出一道凶恶的鲜血

注：1.牢兰海：今天的罗布泊。
2.条支：今天的伊拉克地区。
3.大食：今天的伊朗。

逶迤之诗

刘益善

古长城,逶迤的诗
峭拔,险奇,豪壮
龙旗卷朔风
残阳映着刀光
塞笳胡角频吹
军柝敲着冷月与营帐
一部民族的史诗
血肉筑成的诗行
古长城逶迤在边关
崇岭,中国的胸膛
辨识青色砖块上的文字
读着中国人民的伟大
是骄傲?是创举
毕竟是历史,是山河的脊梁
而今,将赤心与赤心
砌起一道新的长城
书写一部鲜亮的诗行
没有那么多的凝重与苍凉!

跑马溜溜的山上

鲁若迪基

康定城
很难看到马了
上跑马溜溜的山
先是乘车
之后坐缆车
才能一睹它的美丽
然而,我惊奇地发现
跑马山并不高
能让骏马飞奔的草场
只有足球场那么大
错愕的我
只好骑上一支歌
随它优美的旋律
扬鞭驰骋
……
这时我感觉
没有一匹马
比一支歌更轻快
没有一个草原
比一支歌更辽阔
没有一个女人
比康定女人
更让人溜溜地想

湘军之源

罗鹿鸣

是的,这里是涟水之源孙水之畔
是的,这里是团练之父湘军之母
这里炽热的血,曾经沸腾大江南北
让人听不懂的乡音是战场嘹亮的呐喊

你看,这里的花朵都充满血性
这里的稻谷全都挺着腰杆
我会把这里的溪流看成出鞘的利剑
我会把这里的星光当作湘军的箭镞
我不怀疑那些浴血奋战的魂魄
会从这山这水里醒来,举戟如林

英雄的乌篷船逐水为家
勇士的路通向海角天涯
功成名就还得衣锦还乡、落叶归根
水塘里的鸭子对历史麻木不仁

这里的忘却有点像电影的慢镜头
高大的封火墙顽强地对抗着失忆
町里的杨柳风虽然三缄其口
小江小河的涨落牵着国运的呼吸

大风起兮

梦天岚

大风起兮。
一只麻雀放弃到窗台上歌唱的念头,
它用翅膀将自己刮走,
它是一阵小风,小到不能再小的风。

我不是风,
曾经也像风一样奔走,
现在回到这里,像一块石头。

大风起兮。
我还站在原地,
这么多年,从未放弃歌唱。
没有人听见,
大风一次次刮过,
我的歌唱是石头的沉默。

或许是因为沉默得太久,
再大的风也刮不动我。

大风过后,
越来越多的倾听者,
会怀疑自己的耳朵。

我把自己比喻为一枚去年的核桃

三　泉

去年不远。隔着一座空山
脱了青皮，味道还浓郁
一枚核桃，被遗弃在山上
鸟儿啄不破它，阳光晒不爆它
树木茂盛，秋风也不能把它吹下山去
它与腐叶为伴，空有满腹的香气
我把自己比喻为一枚去年的核桃
坚硬、丑陋，被丢在人间
风把我们雕刻得越来越相似
就像山上的野坟，已分不出彼此

猫

谭　畅

躺在哪不是一家人
阳光下的眼神警觉如虎
你要卫护一块草坪
暖风拂过来，危险解除
羞赧间从怀里释放出脆弱
叶片遮掩下的粉红肉团
在光线里微微翕呼，闪着柔光
抬起头，居然不知该看向哪里

拉萨即景（节选）

西玛珈旺

一
其实我也学会了转经，绕八廓街
绕大昭寺，绕过一切可绕之物
绕过一切可绕之人，我跟着族人
跟着太阳一起绕

这些孩子，比我的孩子还小，一身
黄色，像被风扶起来的菊花
从他们的眼睛里，我看见旋转的经轮
转过了亿万年

在这条街上，随处可以看到磕长头
老人，孩子，壮年的人，他们离土地
那么近，他们额头有泥土的颜色
他们被目光推倒又被目光扶起来

我跟随他们，绕过了石板路
绕过了佛塔，也绕过玛加阿米门前
而我，在绕过了所有的僧人之后
我想见到的那个人始终没有出现

五
第一次见这么多牦牛，它们在街道上
它们不慌张，它们在车流里穿行

它们和行人一起走路，只不过它们
身上的雪，比路人多一些

它们向大昭寺前行，磕长头的妇女
在它们前面，她的身体贴近石板
雪一点点开始融化，她粉红色的上衣
越来越暖，牦牛正一步步接近她

此时布达拉宫的柳树正望着远方
它下面的湖水被雪覆盖，野鸭子
飞走了，鱼躲进水底，一些植物
弯下腰，虔诚得像我的母亲

牦牛越来越多，路人慢慢退去
布达拉宫的雪压弯了所有的树木
之后，依旧那么安静，佛陀坐在雪上
像一朵白莲，让这个世界干净了
许多

星　空

武　稚

横空出世。
有一刻，我失声呼唤。

潮汐，月汐，
此刻，那里应该是澎湃的星汐。
清澈，闪耀，漫溢，
像是我一生中唯一的一次清晰。

赞美诗，只能是赞美诗，
钉子一样，一颗又一颗，
它们都是赞美诗中不可或缺的一部分。

此刻，我不得不说，
大地也把自己孤立成毫无依傍的礁石。
它们如此地别具一格，
而这一世，我只是一粒尘埃。

命定的事无法改变。
此刻我想要做的，
却是虚构一次又一次的抵达。

时间在他的眼睛里长满毒刺

晓　音

一个人走出门去
背影分割着两个人的黑夜

或许是因为光线太暗
他的背影也有些阴暗
就连路边小树叶
也悬挂着阴郁

路其实不长
从这里出发
只是一步的距离
但是，谁能够保证
在他的眼睛里
时间就是毒刺

唉！一个人望着一个人
的背影。咫尺天涯
他的步伐是那么坚定

名　片

熊国华

名片是你的冠冕到处堂皇
大小虚实可以随意包装
很多人一辈子为了挣一张名片
所有名片，也换不回你一生时光

论历史

徐春芳

历史里多少人留下了速写
甚至是荒诞派或哈哈镜
也许,我纸上的江山
只是美人的半边脸

悲剧追着那些完美的人
贞德受了火刑
岳飞上了风波亭

爱催动我的蓝色地球旋转
储备的眼泪已经不够用
塌方的山路常闪出一辆破车

每一寸山河都溅落着鲜血和花朵
每一克希望都闪烁着星辰和哀歌
我撕下史册里曲折的光芒和哭泣
告诫自己,毁誉都是某个旋律的虚拟

空　旷

徐丽萍

谁愿倾心厮守一座爱情的空城
在尘烟弥漫的废墟上
痛心疾首地捡拾爱情的残片
再没有什么比受伤的灵魂更空旷
空旷是一头受惊吓的猛兽
它像风一样轻　像呼吸一样如影随形
潜入我眼睛的海　内心的海
潜入我星星的花圃　月亮的花圃
有一种力量紧紧地抓住了我的灵魂
我着了魔似的向着这无边的空旷飞奔
有一种伤痛深深地潜伏在内心无法预测的深度
谁像我一样空　一朵空山绝谷的幽兰
一朵悬浮于水面　西洲的红莲
在尘烟弥漫的废墟上
谁愿倾心厮守一座爱情的空城

蜘蛛人

徐 庶

两只蜘蛛
在百米高楼外墙上爬着
借助一根细绳
他俩成为笔头
在空空的立面
书写什么

又像一撇,一捺
蜘蛛人要写什么
已不重要
蜘蛛人成为笔画
成为
一个字的偏旁
一种仰望

吊绳的另一端
握有一只神来之手
操控着汉字的走向

这个傍晚,有风吹来
吊绳荡了一下

从牧歌里走来

亚 楠

舒展的心情来自草原
辽阔与静谧
从一滴水开始,遍地花香
都是童话里的细节
带着秘密
翻山越岭把春天种植
在自己心里

但春天并不记得
有人惦念
仿佛被时间抹去的泪水
只朝向
电闪雷鸣的天空
也不必问
那些雪豹出没的山谷

假如天空暗下来
雨水绵密
秋天是否可以带走眷恋?
但我并不在意
疏密有致的风
从高枝
倾泻到大地上

多么像一种问候啊
牧歌延续的
乡愁被人反复修饰,而我却
时时惦念
鸟落山林,那些无家可归
的生灵是否
还能被草原温暖

吃　蟹

姚　风

"要吃活的！"
把几只鲜活的大闸蟹扔进蒸锅
透过玻璃锅盖
看着螃蟹在锅里无奈挣扎
直到变得红彤彤
过程很残酷
但这并未阻止我
坐在餐桌前大快朵颐

乡村几缕炊烟

张应辉

山外嘈杂随秋风来
几重峰峦隐没了碑文
那里有土地归顺的纪年

小道拓下太阳印记
老墙庄严为村子立传
几缕炊烟敲打山谷
庄稼紧随季节反复生长

戏台边锣鼓鸣响
家庙上空飘扬起香火
转角处一颗心缓缓挪动

火山，请将我喷向天空

——写在蒂普亚

干天全

瀑布向着天空飞泻
头顶上蓝色的大湖蒸腾热气
依然有鸟
衔着我的目光盘旋
看着倒置的风景
我没忘记，跟前是火山口
这里离地狱不远
隐约可以听惊恐的哀号
毛利村寨的废墟上
山神喉咙咕隆着声响
这源自蛮荒的吼叫
与岩浆流入暗河的声音相似
允许我吧，山神
到水火相容的暗河里游泳
火山爆发时
将我喷上天空
成一颗逍遥的行星

无法抵达的语言

邓醒群

太阳必须在黄昏前抵达山边
月亮必须在夜色来临前照亮大地
如星星必须把夜的天空点亮

春风必须在花未开之时抵达
秋天的脚步必须赶在冬的前面抵达
如生命必须抵达死亡

这个夜晚我的旅途,无法抵达的语言
正在经历着烈火与冰的淬炼

月　色

左　清

明净仿佛空空如也，
眼中到处是一片皎洁。
内心似一染无尘，
任月色裁做成新衣。

二 月

柏林，布莱希特墓地

王家新

古老、尊贵的多罗延公墓一角，
费希特、黑格尔高大、庄重墓碑的斜对面，
一块不起眼的棱形花岗岩石上
刻下你的名字（没有生卒年月）。
你就以这样的姿态屹立。
你安葬在这里，不是为了跻身历史
（那些油漆匠们的历史！）
是因为它就处在你生前寓所的右侧，
你用一只眼的余光看到了它。
现在，你的黑雪茄不再冒烟了，
而你流亡时期的那只军用小手提箱似乎
仍搁在你的墓石背后一侧，
似乎你仍可以随时抓起它起身离去——
除了躺在身边的海伦娜，
甚至死亡
也不再成为你的负担。

石头记

梁 平

裸露是很美好的词,
不能亵渎。只有心不藏污,
才能至死不渝地坦荡。
我喜欢石头,包括它的裂缝,
那些不流血的伤口。
石头无论在陆地还是海洋,
无论被抬举还是被抛弃,
都在用身体抵抗强加给它的表情,
即使伤痕累累。
我的前世就是一块石头,
让我今生还债。风雨、雷电,
不过是舒筋活血。
我不用面具,不会变脸,
身外之物皆无可恋。
应该是已经习惯了被踩踏,
明明白白地垫底。
如果这样都有人被绊了脚,
那得检查自己的来路,
我一直在原地,赤裸裸。

在人祖山想起了诗人大解

梁尔源

人祖山,女娲没用完的一块巨石
像翡翠一样立在三晋大地上
目睹女娲补天留下的那些石头
让我想起了诗人大解
那年他将青藏高原一块宝石托运到河北
喜马拉雅山就轻了许多
他诗到之处
必有奇石现身
五颜六色的河山尽藏家中
可惜他没来过人祖山
世界上最重要的一块石头
还没入他的法眼
我站在补天石上
顺着女娲的眼神望去
原来天上还有没补好的缝隙
突然大解那些悲天悯地的诗歌
从天上漏下来
我幡然领悟
大解收藏那么多奇石的宏伟构想

叶

木 汀

单有海拔是不够的
还要加上没有杂质的蔚蓝
不，还不够
还要有悠悠白云忍不住落下的山岙
还要有麦浪般风的衣裳

满山坡青翠的绿啊
有谁知晓她是日月星辰的露
雨雪风霜的光
杀青的秘密
揉进岁月里珍藏

用他乡的水复活故乡的叶
尝到了你的未来你的梦想
还是再次品味你的过往你的留恋
让心随叶的再次绽放
洗去尘埃

家

刘以林

家是四季不能侵犯的恒温的泉水
人住在里面,呼吸光、安宁和温暖
像最嫩的草站在自己的草原
心慢慢地生长,安全地放着幸福的光芒

家是时光的灯在生命上空静静地悬挂
它照亮灵魂,映红花朵,洗洁城市
用最亲的力量保护每一个远行的人

登　机

石　厉

一个人要消除自己
根深蒂固的刁蛮
野性和算计
可能比登天还难

其实你完全可以像我一样
按部就班，登上飞机
飞抵云上后
放下心来
然后透过舷窗
看见之下，一切皆空

哪怕你落地时，故态重萌
但一次又一次的飞行
有可能会改变你
地心引力般的顽习

红 雀

唐 诗

尽管天空很冷,一树的雀儿
却红得像炭火,藏在枝叶间,叽叽喳喳地
闪烁。我看到冰雪在内心融化
人一寸一寸地暖和。我甚至
看到枯草红润,石头的血液不停地汹涌
连野桃花也看得突然冒出个骨朵
连我的诗句也热得沁出了汗珠。这群红雀啊
让我已分不清它们和我们
只感到:有一批批阳光在提前来到

十二时辰（节选）

杨 梓

子时：阳始
感觉不到奔驰，杯水没有波纹
灯光昏暗，人们静坐或者假寐
我望向窗外，一个个光点掠过漆黑
树林、田野和村庄全部隐身
星星应该明亮，却被飞速擦去
老鼠游行。夜半钟声穿越时空
一个个念头跳出，又瞬间熄灭
直到想起你时，月台含着泪水
每一秒都停在原地，阳气生发
仿佛在提示，此刻不宜缠绵
不管我在火车上，还是火车在我梦里
都在向你奔去，奔向妄想的怀抱

巳时：物成
太阳经过桑野，至于衡阳
万物向上。长蛇隐伏于莽草丛中
这是你的黄金良辰，当下无比明澈
任何语言都无法描述你的来处和去向
几千年后，每天的轮回早被替代
只有我奉你为掌管时间的女神
让麦穗形成自己，让我回到原点
青青翠竹和郁郁黄花交替出现
云卷云舒，一声鸽哨洞穿尘嚣

树隙之间,阳光投下时间的倒影
新耕的麦地得以解脱,一派慵懒
被喜鹊、乌鸦和麻雀再三覆盖

默　契

姚江平

一匹汗血马被圈养在
豪华的马厩里
孤独的气味
弥散
在我到来之前
它无精打采地低垂着头
尽管也有人从它面前经过
看它慵懒的样子
就不经意地
把目光投向马厩的上方
望了一眼介绍它的牌牌
嗯，这是汗血马？
伴着一脸一脸的疑惑
它仍然不屑一顾
我走近它时
我是先看了看牌牌
知晓这是一匹汗血马
心里自然而然升腾起了
对它的敬意
我带着对一匹宝马的期许
凝视　正视
它也正好抬头
和我对视

在这一刻，我俩
突然有了某种默契

我的辛丑牛年春节

于慈江

如果说我把自己的元旦泰半
过在了去年,那么春节
就又被我无可奈何地劈成
两半,一半在胶州湾
大海边,一半在大燕山
山脚下,心也便悬在了两边

一边是父亲,顺水渐行渐远
还有如花女儿,吐气如兰
一边是母亲和散乱的几处
牵绊,撕扯不断。操心
是一种持续性的自我折磨
是一种命定,更是一种直观

进行时,无法规劝和避免
除了梗着脖子受之坦然
除了无人处若有所思流连
僻静无需中夜瞑目面壁
楼下无人处随意地绕着圈
慢跑,任哈气四散

立 春

邝 慧

鸟语啁啾
唤醒一树一树的春天
多少情境
在冰雪消融的大地重获新生
桃花巧笑嫣然
依然是蓓蕾初绽的甜美模样
春水微漾的柳树旁
一场不期而遇的重逢
终结了所有关于初恋的美丽

有些事物
在生命里来来回回，宠辱不惊
譬如朝露、花朵、阳光
年复一年的光阴里
少年、理想、爱情
失去光泽，褶皱丛生

东梓关

——纪念郁达夫先生在此居住的一个夜晚

育　邦

隔岸的群山，站在
我们的生活之外
梓花开时，那只白鹭
从富春江上飞回来
秋风沉醉的晚上
果荚带来妈妈的问候

大梦初醒，咳血的黄昏
药石与山川祛除不了宿疾

木芙蓉在黑夜里绽放
青霜指向永不停歇的江水
你沉默的少女，在微茫的晨曦中
燃烧——向你走来

头顶苍老的星辰
你留下一张字条
从瓦松反射的光芒中
重返喧嚣

青石板上，清瘦少年
藏匿在蚂蚁的阴影里

你大雾弥漫的心中
便结满了无患子

拉着板车，走西藏的男人

白恩杰

我真是遇见
一个淡淡男人
拉着板车，牵着藏獒
在起伏的天路上
缓缓前行
无神的眼睛
配上倦怠的表情
令人想起一种惨淡的箫音
他的头发黑亮却不整齐
胡子拉碴，像秋日的蒿草
看得出从不修理
耳边垂吊的银链
在颤颤地诉说着
他年轻的生命
一个支架，让手机随开随闭
他要把雪山草地传播给他的粉丝
把冰川、经幡高高托举
让我联想起一种精神
缓缓前行可以
但不能怠倦于生命

断　想

柏　坚

把春天的消息送给恋人
让每扇窗口都打开
面向太阳
给人世间每个穷人
希望和祝福
浩瀚的星辰照亮黑夜
像上帝的棋盘错综复杂
而万物与神之间
建立了美好关系
我养了无数的飞鸟
把它们放养在自由的天空
让孩子们学会善良
用微笑面对世界
远离暴力和战争
我把生命的苦埋在心里
将文字写在纸上未必不朽
真理烙在内心却将永恒。

无形的存在

北　乔

闪电划破你的脸庞
风撕开你的胸膛
雨水浑浊你的尊严
这些，扼杀不了你无心的灵魂

土城墙，你曾经是洮州卫城的神
现在，你是你自己的神
明天会迎来诸多的可能
但一定没有拥抱

众生从你面前一晃而过
那些灿烂的白天
总有黑色的鸟飞过
记下岁月的叹息

沧桑被河流遗弃在岸边
你监禁时光和草根
沉睡的眼睛
尾随日月星辰的眉目传情

时光不老,爱情不败

陈树照

你是我的爱人
星球上离我最近的那个女人
在晨曦,在黄昏
在万水千山的路上
从青涩到熟知,从黑暗到光明
甚至隐忍虚无,这些我们都要认领
你喜欢我叫你疯女人
我爱听你喊我野男人
一夜春风浩荡胜过万里江山
一次泪眼转身,就能化解所有的怨恨
就这样,在我们的世界
时光不老,爱情不败

完 美

高世现

我的身体是一个很好的
行李箱,我的脚是很好的
滑轮

至于骨与血,肝与胆
那是受了这一生的拖累

只想装一颗有趣的灵魂
这么说,有些假。诗人是什么
一生都想批判,仿佛世界是他的
只有他才配得上骨气与正义

我只想拖走我自己的一切
像个多余的行李箱,名与利
不过衣与帽,能不塞那么多
我就有了翅膀,轻些
近乎无,就有了天空

空中的空,是更大的行李箱
我的身体在它的箱里
不过生与死。能不拉那么长
我就有了闪电,快些
再快些,就有了诗歌

真　诚

郭栋超

从地球可以看到
另一个星辰
所有的鸟儿都在说
我想你了
忧伤以及眼泪
穿透隙缝

声音此起彼落
我把我从睡梦中扭醒
合唱狂暴且又热烈
这一刻我听到了
它们都在说着
我爱你　爱
遥远的只是一条银河

一个人

胡少卿

一个人死了
身体里的牛马停止了奔走
警惕的猫头鹰闭上眼睛
欲望的美蛇不再吐出信子
攀比的长颈鹿垂下脖子
孤独的犀牛止步于圆心
大胃的河马倒卧在泥水里
青春的鳄鱼彻底变为化石
把梦的影子刻在虎皮上
只有灵魂的火烈鸟飞走了
飞向一直想去而没能去的地方
轻快地,如释重负……

大　海

塔里木

大海是母亲
她冲撞、呻吟
不安地等待
夜不归宿的儿子

大海是爱唱歌的哑巴
虽然没有人听懂她的歌
可所有歌手
模仿她

云　冈

柯　桥

云冈属云
风吹就散
云冈属土
风吹就化
在时间的怀抱里
云冈是一个幸运的孩子
我庆幸
正好遇见它的沧桑和光华

斑马线

孔晓岩

以前是多么狂野
这会儿却如此平静
它们藏起四蹄
躺下来,交出肉身
黑和白一刀刀划分
建立起城市肋骨般的秩序
我想,这一定不是斑马的全部
午夜大风呼啸
它们会同时拔蹄而起
第二天,大雪覆盖了路
它们背负囚笼
乘着雪,脱下黑色的枷锁
回到了从前的草原

除　夕

李　景

一
昨夜，我被一阵噼里啪啦的爆竹声惊醒
以为窗外下起了大雨
迷迷糊糊中，首先想到的
竟然是你有没有带伞

二
响了一夜的爆竹声
像是春天咬着月的耳朵
说了一整晚情话

三
这锦绣的山河如你所愿
美酒、春宴
大红的灯笼挂满了人间

新年的第一首诗

梁潇霏

荒凉的窗外,让我想象
这里不久会建成一所学校
商场一样繁华
孩子们放学时大声喧闹
一个孩子尖叫着扑向我
而我有着年轻时从未珍惜过的容颜

哦,一切过去和未来
如果我能触及
我愿意一遍遍伸出手
抚摸,试探
我更愿意千百次地珍惜此刻——

我的丈夫和儿子安静地睡着
我在写新年的第一首诗

裂变的花冠

梁雪波

肉之舞也是骨之舞
石头之舞空气之舞
花开殉琴之舞
火之舞与寂静之舞
交织在同一空间的
自由之舞

词在句子中,以秋天的速度
堆起黄金的天梯
舞在光之中,将即兴与偶发
通过指尖逼近狂喜之心
在空白之页
写下缥缈,写下水之耳
写下从千年前的叶脉疾奔而来的
万古闲愁

于是晕眩在云端旋转
舞在午夜哗的一下脱去了皮肤
脱去了反讽的骨头
——从红色幕布飞出的乌鸦
一声破空的哑
弄墨者化为闪电的虚影
化为木芙蓉花
还魂于剧场日渐斑驳的拱顶

一把无所失的刻刀
游于壁间,盘曲涩进

目光一闪

凌晓晨

爱你如饮水,平凡而简单
平生饥渴的欲望,日夜不安
转弯处,与你相见
是内部滋生的芽尖,也是愈合伤痕
发自心灵的呼唤

与你相见,偶然中的必然
从天而降的欢喜,喜极而泣的哽咽
神秘的美好,美好中的祈愿
从黎明开始,阴影在缩短
之前所有的感觉,全部是黑暗

光明来自你的双眼,凝神相视
我消失在你的眉宇之间
我知道,我在你的目光内睡眠
无论你睁眼还是闭眼,我的知觉
只是你的目光一闪

整个下午,都在念桃花潭

刘 卫

整个下午,都在念桃花潭
我想知道
桃花落下,是否直接落入桃花潭
桃花潭里,是否有白沙古井的泉水
汩汩涌出

整个下午,又在念曾经的我
清澈透明的泉水,有着甘甜可口的春天
桃花碰落的黑眸子,如骨折后的钢钉,打进肉里
奇怪,没有疼痛

整个下午,雨点完成春天的影像
多许的痒,骚扰着我
龙回山上的树林没有阴暗。通透的光
扑面而来。风,一个劲地吹
催我,离开

水泊梁山行

路军锋

时光一米一米燃烧
水泊一寸一寸蒸发
一些石头终于露出了水面
真相还来不及解说
梁山的屏障
早被一声招安撕裂
不管左寨子还是右寨子
点将台已不听使唤
在黑风口,李逵早已元气大伤
替天行道的旗子
压在了施耐庵的书页
忠义堂的交椅
我随便坐了一把
大哥只轻轻一笑
拍照拍照

如 果

南 鸥

如果纯白的布匹已消失
如果人间的语言,已经失去光泽
就用一场铺天盖地的大雪
代替人间,说出这个夜晚

我知道,她来自天外
她会说出你被燃烧之后的幸福
还会说出你被这个夜晚
覆盖之后的圣洁

黄昏打开了午夜的灯盏
这是从午夜,直闹到黎明的剧情
光影浮动着燃烧的空气
天翻地转,只听见血液一泻千里
粗重的呼吸从此连接着
遥远的午夜和黎明

彼此的肉体被灵魂典当
身体通体透明,好像被一束光穿越
该遗忘的,已经被埋葬
此刻我们重新捧起洁白的奶瓶
这是时间的初夜,正在
打开一生的盛典

纸上团圆

漆宇勤

圆月皎洁的夜里
有人正叫卖星星,有人兜售清风
只有穿藏青色圆领中山装的人
端出一大盆微波不兴的水,默不作声
只有他的桌上邀来了月亮对饮

一路向前不回头的人,都在纸上画圆
安慰被仲秋的风声俘虏的回乡之心

沸 腾

齐冬平

沸腾的高炉群挤进视线
炉口高昂　白色的烟雾抟结
合着重卡画过的弧线
浓重的噪音如音符一样
挂在天幕上

沸腾是高炉和高炉群的歌唱
高炉有喉有身有腰有腹有缸
钢铁的汉子一样　巍然站立
够品质的铁矿石破碎、磨粉、烧结
在高炉的体内与焦炭、石灰石相逢
热空气1300摄氏度　底吹或顶吹
沸腾的节奏在冶炼的脉动中欢歌

高炉的体格厚重强壮　蓝天下
银色的身躯抟云向天　开怀拥抱蔚蓝
抚摸一下古荥镇两座并列的高炉炉基
汉代的风吹过心头　炉体的余温仍存

沸腾穿越千年　穿越高炉的源头
在新时代世界钢铁的中心　沸腾

经　过

　　如　风

塔里木河从塔克拉玛干经过的时候
千千万万粒沙从祷告中抬起了头
这时，羊群就要转场
西伯利亚的风正在翻越西天山
天空蓝得有些虚无

一只鹰向着那高处的虚无拼命飞去
而河流两岸的胡杨一同站在尘世里
它们见证了一切，但从不泄露风声

西部的秋天黄了又黄，你经过我之后
我的发间，又多了一层霜

没有名字的日子

石慧琳

从虚无中走出,原以为可以看到
沼泽　山川　星子摇晃
但眼前的景象发出剧烈的光
正宣告我的无知。记得那些时日
我放纵自己日复一日地消遣
我所期望的只不过是将灵魂的躯壳打开
将里面的浊气放出——
在另一端,我会盘旋,我的信仰

我拒绝给每一天命名,因为
我更喜欢从多到一的过程
如同江河奔流　远洋安稳
我终归从复杂的幻象中抵达统一

那么让我们从现在开始,在缥缈中
任时间从你身边流淌,湿漉漉——
并且携带着世间冰冷的沉默

状 态

王 妃

像一条河流,丰沛过,枯竭过
现在,我更喜欢它自然舒缓地流淌

灯火也似乎乐于探入静水之中
电流与水流交织
让文峰桥上为之停驻的眼睛
感受到黑暗中的暖意

羞愧啊!那些逝去的光阴……
也曾为情爱处心积虑
最后感动的唯有自己
也曾享受人潮簇拥的虚荣
如今只想着一个人早点离开

像一条河流,再丰沛,再枯竭
再经由文峰桥缝补我的伤痛
实现自如地跨越,停留,和返回

风景区

王霆章

因为没有目的地
我一生经过的站台都在风景区

我走过扎日南木错
格桑花开
我走过香格里拉普达乡
大理花开
我走过刚果河最后转弯的村落
新几内亚凤仙花开

我走过你
你就是最美的花儿

我知道,我将是全世界的过客
也曾路过你的全世界
假如没有我
蓦然回首
你的夜空无所谓月亮

因为没有目的地
我将经过的异乡都当作故乡

故乡最温柔的灯光
是你的目光,此刻

比永远更真实
此刻，爱是人间最美丽的风景
我全部的努力
就是让自己
也能够成为你的风景区

水磨村,石头河床

温 古

更多的事物陷在淤泥里
拔不出脚

我呼唤变成石头的牛羊,和另一个我
有谁从历史的深处抬起头来?

灵魂不能解脱烦恼的人们
期待着另一场洪水

我乘车离开,像一个词
逃离一篇雄辩的文章

一幕哑剧,我不持有解开的密码
细碎的水流,也不是打开锈锁的钥匙

匿痕中的形而上学

丫 丫

熨平褶皱的逻辑
我伸出了
温烫的触须

比孤独更孤独。
我们遭遇了的,却
无法清澈见底

我的灵魂,安装着迷人的开关
而它。更适合逆反。
开启与关闭,都让我轻易跌倒

从一块疤,到另一块疤
我们企图将自己指认
在一片枯叶的脉络里,清晰旅行

伟大的事物并不见得比平凡之物
更好辨认。匿痕中的形而上学
我们在落叶的轨迹中,抽象地活着

情感测量

衣米一

狗啃骨头的时候我不打扰它
它睡得正香的时候我也不打扰它
除非它已经放下了骨头和睁开了眼睛
我会抱抱它或者摸摸它
有时是我主动有时是它主动
每天一次　我和它在外面
几乎是沿着一条固定的路以
一种固定的模式行走
有时它走在前面有时我走在前面
这都说明不了什么
好时光用在啃和睡上与用在抱和摸上
好时光用在不停地走上，以此测量情感的温度
以此感受到满足

甘　草

张映姝

琼库什台有江山之美
你来，仿若未来
若没有断肠之伤，也许疼和爱
只差了一秒
那么，留下你的暖，你的胃
和盘山路的眩晕、失重
以极端的方式，让时钟
停摆三次，或者360秒
如果永远只是多一秒
我拥有的，不过是路边那株甘草
沉默的甜蜜和忧伤

灵魂与存在

真　真

黑夜里出走的灵魂
肉身在呼唤,声音微弱,只有灵魂才能听到
从梦境醒来又回到梦境
如果梦里不知身是客
那庄生即蝴蝶,蝴蝶即庄生

如果我思故我在
那么,所有虚幻皆为真实不虚
我一步步走近自己,清晰而又迷惑
如果说灵魂不存在,鬼神也就不存在

存在,是一种看不到的力量
理解或不被理解,那是一个人的经历
盘腿坐在那里
看灵魂如何回到身体

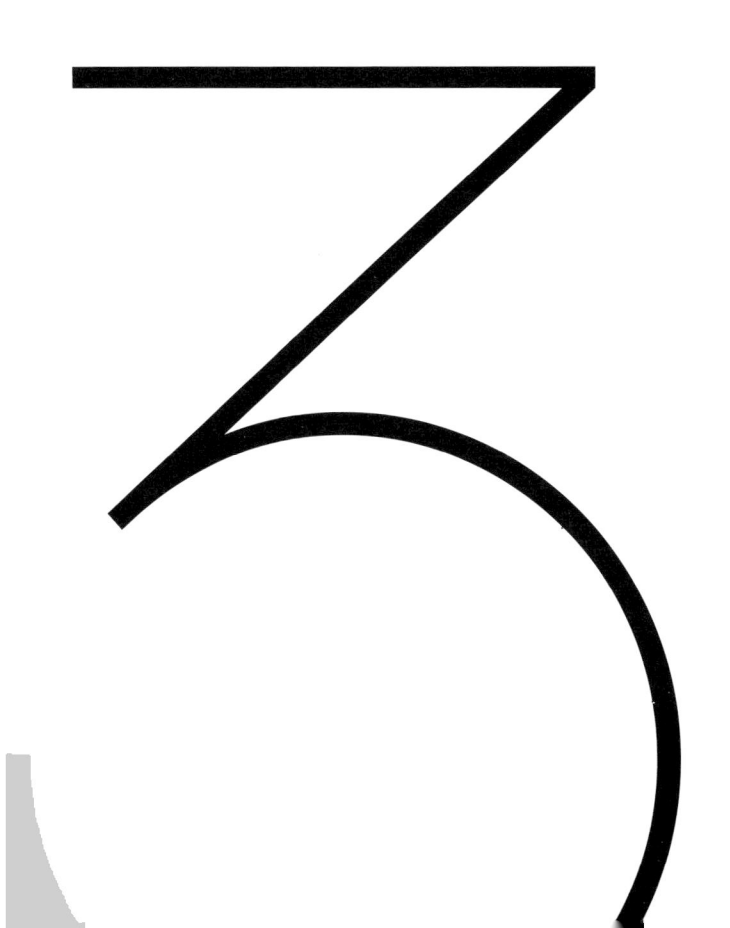

三　月

为弘一法师纪念馆前的枯树而作

陈先发

弘一堂前,此身枯去
为拯救而搭建的脚手架正在拆除
这枯萎,和我同一步赶到这里
这枯萎朗然在目
仿佛在告诫:生者纵是葳蕤绵延也需要
来自死者的一次提醒

枯萎发生在谁的
体内更抚慰人心?
弘一和李叔同,依然需要争辩
用手摸上去,秃枝的静谧比新叶的
温软更令人心动
仿佛活着永是小心翼翼的试探而
濒死才是一种宣言

来者簇拥去者荒疏
你远行时,还是个
骨节粗大的少年
和身边须垂如柱的榕树群相比
顶多算个死婴
这枯萎是来,还是去?
时间逼迫弘一在密室写下悲欣交集四个错字

愤　怒

龚学敏

愤怒的鸟群如同弹片，掠过天空
玻璃替代透明，雨被剪去所有的
翅膀和形容词，不辨善恶
人群各自站立的天空下，已密布
愤怒不同形状的念头

壮硕的愤怒率领一切的目光，将
写在纸上的屋顶洞穿
我们看见的天，会不会
只是弹孔样大小，并且没有血迹

那些新的屋顶，隔断我们与天空的
联系。飞翔的鸟群
像天空给我们的密码

愤怒的鸟群，从真实的天空掠过
无需翻译
而我，从身上的伤口再也找不到
飞翔了

读义山

华　清

"这花园终将老去。"在西窗的晨光里
他手抚着那将开未开的花朵
与她相约来世。可他努力想也想不起
这个多年后被霞光照耀的早上
想不起那时候,她渐趋模糊的样子

梦中的花园静默着,有一只飞蝶
从晨曦的面纱中破茧而出,那一刻
宁静的空气被翅翼的翻飞扰动
迷津的洞口敞开着,如一只单孔竹笛
在若有若无的笛声里,他终于想起了

那巴山夜雨中的前世……

天门山索道

胡丘陵

天门山,每天都睁开一只眼睛
盯着大庸古城

我睁大双眼,盯着天门山
看游人,一个一个
快递到山上

从小学考试开始,就想走一走捷径
走了一辈子,总是
坎坎坷坷
今天,终于在吊厢里
青云直上

习惯了艰难跋涉
总对没花力气的结果,胆战心惊

路,在下面
却不在脚下

因为金钱
正常的攀登
成了,翼装飞行

春天的约会

郭新民

我来了,杏花等着,天气转晴
这是春天里有缘有诗的一场幸会

塬上的风吹拂着我纷乱的鬓发
凝神聆听远古的胡笳羌笛

等与不等,都无关紧要
猎奇的人、无聊的魂、爱美的心

可歌可泣,且行且珍重
脚下的泥土都会发出世纪的慨叹

你知晓年年岁岁花相似
我懂得岁岁年年花不同

假如不曾相见,何必要去惦念
假如未必相约,何须又来相会

塬上的杏花,知冷知暖
世上的诗人,痴迷纵情

昆仑玉

李自国

已是春满人寰的西宁
那时玉更像仙境怀抱的婴儿
经受不住冰雕的挑剔、把玩
后来玉去了帕米尔高原
和神话里的西王母住一起
去时九十九天
归来时却是九万九千年

玉雪玲珑、玉女心经
年年都在云端里生长
玉的一生守身如玉,珠玉在路
路上都长满羽毛,飞出雕栏
玉砌,飞出玉的笑靥
面相中藏满金口玉言

玉高贵、富有,聚一身财气和名声
玉也小资、朦胧,谦虚时瑕不掩玉
起身时亭亭玉立,离世后香消玉殒
空虚里,书中才有颜如玉

玉拥有天上过往的无数星辰
而在人世间却玉不离身
救赎心灵,玉者,慧眼婆心
国之重器,来自巍巍昆仑

巍巍白云、巍巍灵魂

太多风云际会、良辰美景
然而,玉的前妻是石
玉堂金马后,玉的时光降临
用一块玉的纯粹去绽放
用一块玉的千里镇定
去说出地球的苦难
玉越来越沉

其实,在青海,在宝玉陈的
陈列柜里,我没看懂玉
却看见了世界正渐渐被玉成其美

回到出生地

谢克强

来不及抖落都市风尘
村庄、河流和黄灿灿的油菜花
迎面远远地拥抱着我

风　像我一样自由自在
阳光　也不像城里那么拥挤
至于空气　新鲜得格外迷人

只是走在废弃的村路上
那些浸在田畴里的方言俚语
消解不了我的惆怅与迷惘

这用泥土谷粒哺育我的故土
这用炊烟野花让我认识人间的故土
这用汗水农谚教我做人的故土

有时停在时间之外
有时又站在岁月之内　多少往事
如烟如缕　浮在心头

是呵　离开出生地多年
无论何处　除了思念就是忆念
要不　就梦回故土

而今　抚慰我的乡愁引我归来
不知能不能找到一块荒地　埋葬我
落寞孤独的暮年

我方格纸上的日子甜蜜而忧伤

唐成茂

一张洁白的信纸铺开一条火红的道路
天就黑了
书桌上激情汹涌
我看得见笔尖上的梧桐细雨
唯独看不见自己
时间和历史都埋着头奔跑
只有一支笔一张信纸才会理会我这一辈子

每一次金华的房门恣情地偷笑都有优雅的情怀
你只要推开房门
全世界都随之洞开
你只要打开信封
生龙活虎的我就会涌动一地的深情
撒下四野的金银
捧出撕心裂肺的金兰

你太美丽　　夜晚太焦虑
我穿着思念的长袍生活
每一个好日子才会清瘦无比
我粉红信纸上的一缕缕长句才会挂满胡须
我豪华新楼的扉页上才会写满相思的留言
大汤锅煎煮易碎时光
沸点上的往事最难熬才最值得期待
我等待你的光临

等待一簇绝代牡丹花统领我的一生一世

我方格纸上的日子香喷喷地含情
文字活蹦乱跳喷射出火焰
要最终读懂会耗去一生的力量和勇气
你方格纸上的青春绽放美丽
我方格纸的天空苍茫俊逸
方格纸永远是我们生生不息的故乡
我一生一世的光辉只为这一笔一画
我一生一世的价值只为你动人心魄

许多古老的事又重新开始

田 湘

"时间也会变老"
"爱情更像一个古董"
而欧阳江河说,他是个闲人
在这里等时间。他拿起笔开始书写
我看他写出的每个字都暗藏玄机
"青石板路可以让你走到时间
之外"
"在丽江,一切皆有可能发生
许多古老的事又重新开始"
"比如爱情,看似早已枯竭,再也回不去
可欧阳江河在纸上一点,机关就被打开
古人与今人在同一现场,却都活在二十岁"
多么不可思议!当我遇见你
血液开始倒流,死去的词又复活
影子移动,皱纹变成河流
月光下,我跟随你的影子
好似从古代,走来

黑　马

张　战

黑马掠过黑隙
夜晚还原了黑
不是有了电灯
就再没人燃起蜡烛
屋里灯光太亮
瓦缝却能收藏碎影

哪里都会有被脚后跟磨破的袜子
哪里都会有因怕狗而不敢进村庄的人
总是爱得更多的人爬上了云梯
而爱得少些的人又抽走了梯子

但请在晚餐时摆下这样一张餐桌
从橙黄的陶罐里倒出灰蓝的牛奶
请咬碎你齿间的夕阳让它甜汁四溢
你嘴里的葡萄并不是最后的一颗
请坐下品尝，不要恐惧

鸟语的音乐性

李永才

我听不懂音乐,也分不清唱法
听一首青藏高原
被演绎成一串铜铃
那穿透千年的鸟语,仿佛缪斯的火种
被高原之手,撒向夕阳西斜
一片辽阔的深海
日子像落叶,每一片都充满节奏
悠扬的五线谱,飘落的地方
总有神话一样的音符,不绝于耳
那是远古的呼唤
他乡的歌声,反复吟唱
这是在提醒我,迷途的鸟儿重返人间
鸟语是椭圆形的,真实而自然
鸟儿数过的麦粒,有最原始的形态
群鸟噪林。展开激烈的争鸣
我听不懂鸟语,但对这些起伏的旋律
总会领略到一些音乐性
如果鸟类的歌声,
也写着人间的苦难,那该多好

凝 视

蔡新华

在路边的草地上
我遇见一只小鸟
它目不转睛地看着我
——若有所思

我叫不出它的名字
却感觉似曾相识
我们就这么迟疑着
一动不动地对视着

天下的鸟儿太多
我见过的不止它一个
天下的人也太多
它见过的也不止我
但此刻我们俩遇着
这么似曾相识地相互看着
像一对久别重逢的情人
定睛凝眸　含情脉脉

我不愿打破这样的宁静
这一瞬终将成为永恒
但当我忍不住想要靠近它时
它却一振翅飞向天空

空谷足音

——致昌耀

曹有云

百年歌自苦,未见有知音。

——杜甫《南征》

只要,这昂扬而警策的雪山
连同缥缈的峰巅之上
呼啸的雪莲花一样
激荡千秋的诗篇尚在
我们岂敢懈怠
岂敢堕落
做一个磅礴年代里
言辞轻浮的匆匆过客

你哟,旷野上孑然独行的寂寞先知
雄性的号叫
冷峻的旗帜
我们凝望着,呼唤着
逆风雪而行
寻找昆仑之墟业已消隐了的空谷足音

抖　音

草　树

无意中在抖音
刷出一张脸
一个漂亮的女孩
是她！仿佛意外相遇

昨天还到她的老屋
阶檐上起了青苔
没有窗纸的木窗
透露荒凉：寂静中响起
缝纫机的声音
还有她母亲的歌声

没有谁听见货物的夹缝
喊出一声"哎哟"
肩膀上货物下坠
伴随着旁边货物的崩塌声
她父亲颅内的血管
那一刻刚刚爆裂

描绘的眉毛，涂红的嘴唇
她年轻的脸蛋曾经流淌
哀悼双亲的眼泪
她的身后湘中山陵绵延
绿意深浓地起伏

命　运

陈新文

桃花里躲藏着一万个惊雷
炸开了春天的豁口
豁口里隐匿的一万年香气
喷薄而出

多么盛大的人间世
而月光的命运依旧冰凉

贝尔蒂丝

陈雨吟

飘摇在六月清晨的贝尔蒂丝
忧伤的里拉琴里折射出
美少年雅辛托斯雕塑般俊美的脸庞
托风信子捎去的爱的誓言
早已穿过一座座系念的城堡飞向云端

初夏树林中的鸟儿衔来一片一片的雏菊花瓣
深藏在心底鹅黄色的思念裹挟着不屈的执念
默默地数着　默默地祈祷最后一片花瓣一定会是爱的预言

悠长悠长的时光里
热情的夕雾花一如既往地哼唱着《水边的阿狄丽娜》
天真的雏菊在寂寂的院落开花　暗香涌动
冷冷的眼眸望着疏远而无尽的星际

一道神秘的流星倏然点亮孤寂的夜空
一只蝴蝶乍然从梦境中醒来
微微颤动　摇晃着破茧而出

她只是在等待谜底的揭晓
此刻　她与寂寞里盛开的蓝雪花一样沉默

院落里的三月天

程晓琴

三月的清晨
阳光从天空中倾倒下来
一丝一丝的金黄
铺满了整个院落
给灰色的琉璃瓦也镶了金边
不远处的树梢上
胖胖的鸽子狡黠地张望着
院落里的春天一寸一寸地舒展
天空中是千百种蓝
在深深浅浅的色泽变化中
倾诉着宇宙的神秘和梦幻
忽而像瀑布飞流直下
忽而像大海浪花腾翻
忽而像草原博大无边
忽而像清泉细水潺潺
不，那不是天空
是你欢乐的心
安放在院落里
摇曳着三月的春天

三叠泉,我听到从天而降的战马

高发展

一根绳子,牵连五条牛
它们分别叫石牛山、九叠屏、鹰嘴峰、骆驼峰、麻姑岩

石镜,明净照人
锦绣铺开的九叠屏
读书,炼丹,李白在这里筑庐隐居

鹰嘴峰,直削而下的岩壁
古铜色,因日头大公无私呈现
铜墙铁壁,与麻姑岩的外貌一起组成一句成语
骆驼卧地,骆驼,等它的祥子
骆驼峰朝西,引颈西域丝绸之路那个叫张骞的英雄

沿着峡谷而上,打招呼,顾不上这些居高临下的大哥
瀑鸣如鼓,我听到三叠泉的战马从天而降

湿　地

华　海

所有生命都会闹出动静
所有的消失都寂然无声

湿地的低处，名字在碰撞中疼痛、苏醒
溪水清浅，沉下多少被遗忘的生灵

红树林，从一串风的符咒里脱身
丹顶鹤重返时光，在人的经验外游弋

你停步的地方，一丛丛野花芬芳
宁静中听到种子发芽、万物萌生

当爱回到谦卑，归来却是远离
请把高傲的头低下，会看到更低的真理

不要去惊扰它们——这混杂中的秩序
苍鹰和蛇的逻辑，蜜蜂与蝴蝶的修辞

晚风渐歇，露水已打湿裤脚
远处的钟声，敲醒另一种温暖和感动

阔禅美人茶

黄莱笙

一盏美人茶漫过舌面
宛如红酥手拂过前胸
寥廓你的念想蓝蓝空
辽阔你的孤寂凉凉风

多少茶树在自己的年轮迷路
蝉虫才啃懂叶脉的奇妙
多少涧水在自己的漩涡淹没
悬壶高冲才显出瀑布的逍遥

让自己跳进茶汤
把盏底的晨钟暮鼓踩响
我在盏中仰头阅读你的嘴唇
仿佛花开彼岸

祖坟山

火 火

小时候很怕墓地
长大了才知道
这里 树草虫鸟都是亲人

与花书

冬雪夏荷

早晨,太阳出来了,灯还亮
等了一晚,花还是没开
春天来了,喊了好多遍,也张望好多回
多想让你和春一起来,
看来,说来就来也是奢侈品
就像花,开是一个漫长的等待
假如度日如年,也是可以的
至少,还有个年可以度
而有些想法,像过去的时光
很美,可是已经无法抵达
痛和幸福一起长大,像春芽
在春天,在晨曦,在一年之计
也会萌萌哒。如果花开是痛
那就痛痛快快地痛吧
因为最美,因为最贵,因为是世界之最
痛定开花,一定是一串开心密码
像春风,像雨露,像十里桃花

在我推开门的那一刻

贾 丽

一只白色的蝴蝶翩翩然地从眼前飞过
洁白,轻灵,仿若一个天使
在春风里
与我相遇,仅仅是一瞬
它便不留痕迹地飞走了
其实我多想,多想让它停下来
但没等我举起相机
它就消失在我看不见的地方
它似乎是专程来为我演绎
一次完美的邂逅
似乎是在冥冥之中
告诉我
那些闪烁的、流逝的
我的
玫瑰色的人生
都是转瞬即逝的
梦中的蝴蝶,告诉我
永远,也只是一瞬间

栅栏里的草

蒋兴刚

栅栏上的锁锈迹斑斑
栅栏里长满了草
每次走过,草把每寸绿都举过头给我看
如果让目光垂直下沉
沉进具体的一株草
这些草多么脆弱
多么无助,风向哪边吹
它们跟着往哪边倒
栅栏里的草,仿佛被软禁在里面
我知道生活在狭窄的世界上
我们也是一些草——
怔怔站立,怔怔行走
如同来自另一个空间
卑微、渺小

水　声

李建军

水声的移动
令满山的樱花飞出瀑布
抱着太阳的光线
摇着月亮的碎片

它是金灿灿亮闪闪的吗
腥味的风卷入其中
让飘忽无序的流云
变幻为幽静的树影

它的手指
弹奏电闪雷鸣的音韵
让钢铁与大数据
旋转为扑棱棱的鸭群

像亮晶晶直击灵魂的鸟鸣
寻觅人生表达清晰的词根
浓云迷雾晃动布满黑斑的脸
被它坚定不移的信仰一洗而净

等一场春雨

刘心莲

只需一阵风吹过
荷花渡的冰雪
就融化了

只需一场春雨
问月轩的玉兰
就冒出
一簇又一簇的花蕾

只需健步走着的人们
笑声再多一些
舞步再轻盈一些
紫竹院的花就开了
寒冬消去
便是满眼的
柳绿桃红

因爱而生的执着

柳　苏

心有所累的时候，独自坐下来
总有一些叹息和小怨结
冒出，责怪自己
一旦站起身子再次投入
支配自己的依然是爱和执着

一只喜鹊狠狠地啄着自己的羽毛
连它自己也说不清道不明
为什么要这样做。很快
它振了振翅膀，飞向村庄
继续它报喜的使命……

这一切都被我看在眼里
不由得，生出一种惺惺相惜

黄 昏

路小曼

孤独比植物茂盛
秦腔穿过黄昏
苍凉从四面袭来
黄昏又深了一寸

从来不知道
一个人能背着云跑
一个人能被自己的影子
绊倒
从来不知道
今年春天不能采薇和咬青

从来没有一个黄昏比此刻更像黄昏
我更像我

菩提庄园

马培松

那些盛开的花
不是菩提

那一串串诱人的葡萄
不是菩提

那些密织在天空中的
阳光的经纬,不是菩提

那些在花叶间飞舞的
蜜蜂与蝴蝶,不是菩提

那从棚架下传来的
采摘的笑声,是不是菩提

亲爱的,我请你——
我们一边轻轻走过,一边细心辨析

幻　灭

蓦　景

那一天，苍空泪眼密布
海底亮出深藏的古剑。那些剑光
瞬间砍断海百合的记忆
剑柄被折弯，锋刃悄悄卷起
那些叶片失去了语言
时间退到了深渊

当我从剧痛中惊醒
海水吐着火焰，裸出地心的白骨
鱼群纷纷逃进了凝固的岩浆
空气断裂，光光的礁石幽红滚烫
残缺的肢体浮动海面，讲述
那些浸血的故事

海水滚涌，翻转天空
疯狂的火舌使史前的岩浆涕泪四溅
暗夜停止了脉动，而浓烟
从最深的海滚涌而来。三叶虫
奄奄一息，幽暗收容了寒武纪
那满满的心酸和铁青的脸
渐行渐远

低处的事物

娜仁琪琪格

我散步的时候,绕过一群正在赶路的
蚂蚁。在河边把一条垂钓上来
又被弃在岸边,已风干的鱼
送回水里。

在欣赏开得洁净、灿烂的
花朵的时候,会小心翼翼
怕踩踏了,那些软盈盈的小草
怕伤害到它们的小胳膊、小腿
小脑袋。

一再拍下,紫花地丁、二月蓝
蛇床、鸭拓草、蒲公英、苦菜花
地黄、播娘蒿、大蓟、小蓟
还有一种叫早熟禾的野草

我喜欢那些开在高处的花朵
爱极、疼极
这些低处的生命
在尘世,在宇宙多维度的空间
我也处在低处

大　雪

宋吉雷

结束风中的凌乱
一场雪，就够了
那么多的云落下来
放弃流浪

大雪预设人间愿景
躲在天地间的缝隙里，我们看一场
炫舞，恣肆任性
雪白得纯粹，燃烧了寂寞眼神

这样盛大归来，故乡升起炊烟
为我导航
每一步都触碰到激越的心跳
或盘旋鸣叫，或依偎私语
这些不肯远离故土的麻雀，都是
等我的故乡人

玫瑰的密信

王 爽

玫瑰的密信
在月光下
蘸着夜露写成

她用自己最喜欢的粉色信笺
写了一页又一页
轻轻地卷起
如果她愿意
还会给信纸浸满香气

她知道蝴蝶几时来
她知道蜜蜂向何处寻

她托清风将信纸铺开
只让蝴蝶和蜜蜂读到她的秘密

她的秘密
是藏在心里的
那阳光的笑声
那雨滴的舞步
伴着懒洋洋的月波

还有一个女孩
只说给星星的心语

惊　蛰

徐小泓

春有惊蛰，一如人名
行走江湖，亦佩剑
浮土几厘，便入木三分
伊人的香粉，散落竹篱之下
无人知是
故人曾来

埋下伏笔
不过是冬梦一场
功夫深藏，也只是淡茶几盏
湿漉漉的梅雨
不适合打打杀杀

青苔斑驳
人影斑驳
剑，亦斑驳

惊雷响过，一切欣欣然
蛰伏的人，却按兵不动
他知道
轮回
仅仅是轮回

葡萄酒

杨四平

浅饮一小口一小口
在嘴里十秒含溜
葡萄酒像我的前女友
用纤手牵着我
沿着下坡弯路游走

而这里阳光朗照
醇香四溢
我渐渐失重
飘飘欲仙
与远方的葡萄藤
融为一体

葡萄酒吻遍我的肉体
温热顺柔
还用小嘴紧贴我的灵魂
呢喃情话
葡萄酒使我富有
最终把夜过成了一首诗

南津驿古道

银 莲

几块拴马石
还在等来往的马蹄
一座迎仙桥
刻记老茶馆说书人
与先贤对话的接头暗语

成渝古道东大路上
十里一铺,二百里一驿
流水喂养快马
一封诏书,八百里加急
把石板路磨亮,把千百年用光

绿皮车

张春华

在一段截断的思绪里
我从喧嚣的尘世的早晨苏醒
打探外婆的故乡
锈蚀在那潮湿的铁轨的远方

在荒废的前院与后院
彻底成为抹掉我记忆的新宠前
我的目光　早已凝固在
被驱逐的旧门牌上

暗物质世界　已
记录好　每一段咣当咣当的哀愁
这绿皮的身影仍会以金属的硬朗
穿行在我每一声告别中

溪边漫步

周广学

温暖的气息
将时间缠绵成无用的空间

不远处的树丛中
鸟儿们叽叽喳喳的声音
一再扑向我们

它们把水族里的鼎鼎大名张冠李戴：
前面的小溪，那是长江
后面的小溪，那是黄河

而我们只迷恋小溪的柔情
在溪边把自己走成辽阔

庭　院

庄晓明

月光的水中
遇见故人的视线

松影的藻荇间
交换以鱼儿的语言

一波波凉意
小院漫溢

何夜无月
何处月的边沿

他们粼光闪烁的背影
墨蓝的星空潜去

石阶上的霜色
又等待谁的脚迹

黄果树瀑布

庄永庆

一条河流慌不择路
从高耸的峭壁上纵身一跃
酣畅淋漓，豪情万丈
腾空划出的弧线如此曼妙
让我们为之仰望，赞叹
这令人震撼的一幕，让我们
忽略了它巨大的伤痛，以及
身不由己的难言之隐
而当它落入深渊之后
有彩虹映照在支离破碎的
水珠与弥漫的雾气之上

激情过后，在不同的纬度上
一条壮怀激烈的河流，犹如
被驯服的猛兽停止了咆哮
当它回过神来浮出深潭
已经蜕变成另一条温顺的
我们所能触及的平缓的河流

在成为瀑布之前
我们并不知晓这条河流
源自何处，流经何方
也不知道沿途的河床是如何
加快或延缓着它的流速

但可以想象,它由细小孱弱
到声势浩大,以至势不可挡
必有它充足的依据和理由
我们甚至可以推测
当后浪推搡着前浪蜂拥而下
当河流一路狂奔到断崖之前
当前方豁然开朗气象万千
这时必定有向前倾斜的河道
给出了关于命运的确切答案

四 月

平凉的星空

李少君

黄沙、黄土、黄石、黄岩
黄世界里走着一头头结实的黄牛
它们坚毅的步伐,深沉的哞哞声
泄露了厚重的黄土地隐忍缄默的精神

野草、野花、野兔、野鸡
野外的山谷里奔流着一条野溪
溪水清亮,溪边马齿苋肆意铺展扩张
显现着蓬勃的压抑不住的生机信息

在平凉,我每日里在崆峒的清静中
和南门美食城的夜宵烟火里转换
我恍惚觉得自己是古人,又是今人
身处秦汉,又置身二十一世纪新时代

在平凉,无论我见识过多少沟壑纵横
体验过漫漫风沙带来的何等孤寂和荒凉
只要仰头望见无数夜晚呈现的绚丽星空
那没有一点杂质的纯粹的满天星斗
我就能推测和想象与之匹配的异样辉煌

走在凌晨三点的成都街头

尚仲敏

走在凌晨三点的成都街头
我突然笑了,这惊天一笑
当然,也是会心一笑
是因为我,想起一个久远的人
名字已经忘记,他的口头禅是
"我给你举一个简单的例子"
有那么一个下午,我们喝茶、聊天
他每句话开头,都是"举一个简单的例子"
末了,大家起身、握手、告别
他说,下次再聊
我说,麻烦你下次给我
举一个复杂点的例子

清　晨

阎　志

有这样一个清晨
一颗芽从土里钻出
看了看新鲜的世界
露水正从花瓣上滑落
滴在芽上
芽感觉到一阵清凉
阳光先穿过云朵
再穿过树叶
照在了有露水的芽上
天地变得五彩斑斓
就在这样的清晨
一切都那么不经意
刚好经过

读《南方人物周刊·九十李泽厚最后的访谈》

师力斌

以前是告别革命
这次是告别读者

在思想巨人那里,西瓜
具备了地球的品质

人活着是哲学的第一命题
要大谈吃饭哲学

今夜,在美国的小镇博尔德
他依然关心人类

对自己悲观
却对中国和世界持乐观态度

九十高龄,思维年轻如二十
大脑的回路沟壑清晰

拒绝金庸的三万美金
再花八万美元预订大脑未来的冷冻

这让我顿然看到,百年来
最闪光的孤独

感春句

沙　克

春在抽泣
春泪眼汪汪
春果然又号啕大哭
樱桃树、葡萄藤忙着在湿润中
开花

春，这个小女生
施展全身的真性、才华
天天在伤感、煽情
必须在鲜花水果上市之前
得到最多的怜爱

我和你的心仍如峭壁

安海茵

我时常在路上走走停停。
刀子般陌生的路途,
我的出发总有花楸树在守候。
花楸树的影子有些疏落,
无法将全部的我庇护。
它该是在五月开花,
我总是等不到它的开花,
五月是流浪的季节,
我在五月准时背起行装。
而我也总是错过了它的结果,
花楸树那时而苦涩,时而
欢乐的果实,我从未见过。
十月过后,花楸树卸下了满树的负累,
它用泥土掩埋它所经历的金风。
我将在它的沉睡中归来,
彼时万物泼溅寒意。
我会在一棵花楸树下坐着,
仿佛将它当作了依靠。
我会轻声将它唤醒,说这一次远行的
疲倦而美好,
说我和你的心仍如峭壁,
而又依然清澈。

诗人之乐

远　村

诗人之乐,不在城市,而在一方大野的毫不设防。
比如仰山亭,有高纯度的隐喻等着你来。
姿态各异的树木,把多余出来的阳光
塞进一块石头。
一条不晓人事的细狗,追着一只飞鸟的影子忙前忙后。
时不时围着一个小小旋风就地打转。

不与人争的水就不同了,它从景庄的脚后跟下漫出来
在低处,让蓝天、白云,和小鱼安静交谈。
几块绿草地,保持着干净的颜面,让我不得不绕
着走。
只有诗人穿过庞杂、无序的日常,被一枝梅花代入
景庄后
诗兴大发。
成为其快乐的一部分。之后,每写完一首诗
我都无暇顾及别的事物,也不关心空泛的修辞。
因为放任,一支秃笔几乎派不上用场。

向阳寨的小院

宝　蘭

因为你要来
我决定在向阳寨建一个小院
只为自己留一条进去的路
所有的平方归你
从现在开始种花，开始等你
我要把这漫山遍野的花籽采回来
我要借她们的美，借她们的时间
我要让这里的每一寸土地都覆盖幸福

我开始学习阳光是如何和花相处
不能太过热烈，不能让你寒冷，不能让你知道
我等待太久　已经忘记了想要的答案
我每天对着满园的花说，不要开，不要开
你不能为了完美就只活这一天

而我是你摘下的那朵花
我没有给自己留退出的路
只想让灵魂在与你的亲近中净化
最近不断有人传来闲话
说我的小院装不下你，装下你需要一个时代

石拱桥

大　枪

我生活中第一个以弧形出现的大物件是这条
石拱桥，它比所有的家具都更为富足
虽然能经常看到弧形的月亮，但月亮很小
小到我会用堂姐的嘴唇去匹配它
它培养我对所有的弧线着迷，因此我能发现
最大的弧线是天空，很多时候我会枕着
地上的石拱桥看天上的石拱桥，因而相信
银河不是杜撰而来的，牛郎织女不是杜撰而来的
像堂姐和她的牛郎，就会经常站在石拱桥上
看晨光中男人放肆的铧犁，看彩虹下
女人眩晕的藤篮，看这些生动的光阴
从弧线开始，又从弧线结束，石拱桥坐落在
一个无邪的村落里，坐落在一条无邪的小河上
出殡的棺椁会在桥上停留，出嫁的花轿
也会在桥上停留，人们体验着停留的不同与不舍
人们会在这种时候哭出声音，桥下的河水和岸边的
槐叶就会作出回应，只有石拱桥安静得像村里
历过旧朝旧代的长者，它相信沉默的声部
才是最为恒久的，像桥两头扛着天空的高山

影子帖

白　海

每个男人，都是一座自己的监狱
出太阳的日子，人间多了几分自由
阳光所不及的，那是内心的痛处

又到周末了。我把父亲从养老院
接出来，每每看到熟悉的脸
他眼睛一亮，确定自己是茂江村人

走在佝偻的村道，父亲好似太阳的影子
我一路紧随其后，好似母亲的影子

美人鱼

北　塔

你的绝望咖啡一样黑
你的忧郁大海一样蓝

那从巫婆的咒语里生长出来的希望
终究是泡沫

你的双脚已经被尘世走过
不可能再回到无忧无虑的尾巴

让王子的血去收获公主的幸福
让泡沫回归石头之间的波涛

有朝一日,连那支撑你的石头
都会被海风抽掉

如同你满身的鳞片
被自己的爱情刮个精光

发 现

曾若水

春天好像和溪水一样长
悄悄流向远方
一些落花漂在溪水上
凋零的时光好像和花儿一样轻飘飘

转眼工夫
许多美好的东西
都如落花一样
被流水卷走了
卷不走的
是山对水的深深眷恋

石头对于山
看起来坚定而木讷
一场春雷过后
许多石头蠢蠢欲动
就是那被石头压着的草芽
也倔强地从石缝中探出头来

大山深处
每天都生长着生命的诗意
阳光没有发现的
星星和月亮
也许会更优美地推出

行　走

高海平

一

走累了
只好坐在山坡上
歇息

目光不服输
沿着弯弯的小路
继续前行

山路有多远
目光就有多长

我的眼睛
忽然流泪了
伤心不止

因为
目光被石头绊倒了
很疼很疼

二

我犒劳了路边的
小蓟 车前子
还有树上的洋槐花

我尽量把脚步
放轻　放慢
掩盖这段行程

花儿没吭声
倒是事实
脚步踩过了
留下了足迹

这一切
都无法向岁月解释
我在大地上行走
已经成为不争的事实

三
路边的花儿已经
谢了
不管是海棠
还是桃花
柳枝长起来了
越长越旺

我甩掉了身上的长衣
走向千年的槐树

槐树说
你别往上凑
我只喜欢孤独

住山上的人

顾　北

住山上的人
比尘世高一点
总算看清了
什么横着流
什么朝前跑
住山上的人
每晚都在观察星象
力图从可疑的脸
找回前世遗落的某部分
住山上的人,他不是什么高人
他只是城里逃离的替身
替这世活着,活着
当他厌倦了繁华
就走进山里,躺下
他躺平了,这世界也就
睡去了

被春雨淋湿的守候

郭建芳

当第一声春雷响过
江城的街灯一定还亮着
昨日的残雪
在海棠的额头留下划痕
恰似暗夜中点点星光
在梦的边缘,隔着尘埃飞翔

我开始想念
一只蛰伏地下七年的蝉
那一定是我,即将重生的模样
左手是冬,右手是春
不清楚哪一种真实更接近喜悦

世纪的雨水
汇合思念的盛宴
倾泻而下
在一个叫作灯火阑珊的地方

光的抗辩性

黄挺松

那些闪烁在街头的发光字
参差陆离里。不依色泽地

它们以我习久于沉默的辨认
为一种界限。你也承受了

光,有它黑沉沉的本体
天籁般,它戏谑着我的知觉

当不太见人的车流里,我
追着前车尾灯频频踩下刹车

远方,更多无间泻出的光
不倦地,仍在诉诸我的逃逸

星　辰

——兼致凯里李一薇校长

孔庆根

夜晚，星辰在天空欢聚
它们落入小溪
它们跑向群山之巅
它们沾在人们的身上
又从一双双眼睛里钻出来

这些行走的火把
照亮前方的道路
当彼此相遇
便有清亮的对歌响起
打柴织布，爱恋的苦甜
像瀑布四溅，撞个满怀

如果你稍作停留
你会发现火光之外，水波荡漾
翠绿的草木，开得荼蘼的花
被眼睫虚掩

她们把星子传给孩子
星子在笑
像鸟鸣在山谷与草地打滚
一个个叹号升起在我手掌

身体剧场

俫　俫

邀请桃树、梨树和柿子树
邀请知了、蜻蜓和松鼠
邀请花神、水神、树神和土地神
邀请此时此刻的空间
邀请十里范围内路过的灵魂
邀请我和经常与我打架的自己
进入一个神奇的剧场：我的身体
闭上眼睛，呼吸与大地的呼吸同频
生命的密语，青草般汹涌
身体里的奇迹已经余额不足
一件蒙尘的乐器怯懦出场
弹奏大地和天空之歌，没有比
不能听见自己内心的声音更要命的

多浪河畔冬日的黄昏

绿　野

河畔，柳梢拂过落日的脸
远山的苍茫，你一转身向着星空抵达

近岸的流水哗哗，芦苇摇曳不倒
风在叶尖，扯着思绪奔向遥远处的荒凉

夜幕就要降临，铺天盖地的乌鸦落下
旋风般，它们割据了一片领地

灰色的丛林，幻梦般站立
深处是无法企望的神秘和远方
只有多浪河水的喧哗
才让幻觉和回忆，从一次远游抵近

谷雨的世界

狎　节

有了谷雨，才有一年的世界
湿漉印染出绿色的油画
南方的田埂两侧开了花
连接成天边最柔软的那片海
蔓延成一个人的天涯

记忆中故乡的田野
夜深的蛙鸣惊醒红尘的醉眼
小池塘旁空留着少年的钓竿
水面振出波纹，行囊沿着铁轨
流浪在追寻的旅途

时光被太阳分割成小块
人们总是想在深夜里把人生缝成一串
蒸腾的日子里，白云舒卷
列车无情，呼啸而过
不曾留下呼唤的背影
藏在地下的植物生长，又是一番光景

鲁朗林海

明素盘

风弹奏的竖琴
雪山环绕中低吟的竖琴
在这里,更多的梦被打开
鸟鸣与蓝雾翻新的云杉
树冠被光线温柔梳理,织出更大的沉默
不规则的松树鳞纹仿佛一种愿景
在鲁朗,野性的图腾
雨水落入后交出新鲜的牧场
植物在分散的石头中
于叶脉与枝柯间静止与摇曳
仿佛林海放置的凝固涛声
不急于看清原本的样子,一万年了
一万年的美是难以名状的
这里,杜鹃花拥有更彻底的倾诉方式
透彻的鸟鸣更像一种神示
有意无意间轻落于花海
从云朵到额际
像停泊的爱长出记忆的苔藓
它有理由使你相信某种真实
源自更深的泥土,在鲁朗
淡淡的花香是一种表情
不要急于靠近
冰川的灯盏总能照亮人心

赤裸的风、琴曲正穿过灌木林
它们发出同一种声音,高贵且神秘

春雪与樱花帖

秦　风

"什么都不是爱的对手,除了爱。"
武汉落雪了……第一场春雪
雪花,领着星星的队伍
未知的宇宙,那暗物质泪的微光

雪,像是苍天不顾一切的心
具有玻璃的属性。易碎,请勿倒置
我把自己,抛进速度,抛向飞翔
更多地朝向,那些背阳的植物

珞珈山的樱花,只为飘落张开翅膀
那些花蕾,都抬头向着永恒
春欲醒,不被融化,拒绝腐烂

雪,从空中落下,又消失在空中
只落在,那些雪的眼睛与心底
风,既是幸存者,又是葬花人

观云记

丘文桥

不关心天气的人
不会轻易关注云　乌的　白的
颜色不一样　不明朗的
在顶楼　感觉汹涌而来要拥抱我
在城市的大草坪上　还有这些复杂的表情
那些随风飘过来的就一定是我的吗
那些咆哮盘旋的还有别的企图吗
让我琢磨不透　久久回味
她是遮住了阳光还是雨水
还是想遮住我看她的眼神

黄河上最后一座铁链桥

——致谭雅丽

王桂林

我和你一起,走过黄河上
最后一座铁链桥。此生
我们已被黄河灌注了太多,今天我们
要在它的脊背上走过去。

此时的黄河,正在向东
到不远处进入大海,消失不见。
它身份证上引以为傲的黄色
也将涤去泥沙,汇入大海无限的蔚蓝。

河水依旧浑浊,在我们脚下翻滚
涌流,腾起片片龙鳞的波浪。
铁链上新刷的油漆,也没把命运
和时光留下的陈年锈迹,彻底覆盖。

我们嬉笑着,几乎飞奔着
从南岸一路走向北岸,仿佛两个越狱者,
仿佛穿过这座铁链桥,我们便
解除了锁链,抵达自由。

你从洞庭水和汨罗江畔而来。
看完这最后的黄河,就要返回

继续书写你的河流之书,而我还将长居此地,
继续陪着黄河,和这座最后的铁链桥——

日食那刻

王　童

夏至的今天，
我紧盯着天空的太阳。
它仍在光芒四射，
天空因此而明亮。
流体的云从它身边驱散开，
一个黑影潜到了它的脸侧。
如同一块黑斑渗进它的面庞。
它在擦拭着，它在刷洗着，
它在奋力挣脱黑暗。
顷刻间，它经历了四季，
须臾忽，它羞涩了春夏。
交汇着月亮，有上弦下弦的身姿，
弯弓握在后羿的手中，
蛾眉垂在嫦娥的眼梢。
人间错位了时空，
晨昏转换了轴线。
它擦净了脸，它洗清了面，
日冕中有神的足印落下。
它倏忽跃上了青空，
普照大地

纪念春天

渭 波

纪念春天
纪念粘贴家园的燕儿

纪念燕儿剪不了的风
纪念风后面的雨

纪念雨中拐弯的乡间小河
纪念河上河下的青山

纪念青山照明的村庄
纪念传遍村庄的徽派瓦屋

纪念坐在屋檐掂量石柱的一位老人
纪念从老人手心滑落门背的一根竹杖

纪念竹杖与门背的蛛网的一段距离
纪念距离与距离链接过的春天

牡 丹

熊游坤

就这么热烈地开吧
明亮的女子都有一抹胭脂红
洛阳街头酒肆林立
霓裳女子一甩云袖,就有暗香

繁花也是味药引
害了病的书生
在酒馆,饮下
半座城的夜深

从京城到山坳
一千六百里路云和月
明月山做了穹顶
花瓣成泥,根茎入土

露水那么清凉
高处,就有了寒

天宝古村

徐良平

天宝是唐代的年号
已有千年历史
今天我来到天宝村
看上去它只是中年
导游说
村子有千年历史
但房子只有五百年
我想它为什么打折
还是拦腰那种
只见它在风雨中
屹立
一群小学生从屋里跑出
这一刻我才明白
生生不息的含义
天宝
它是有生命的呼吸
你感觉到了吗

《武侯祠》补记

杨　角

应该有一只蒲团,在顶梁柱后面
让下跪的天子,看一看独木难支的江山
应该有一匹好马,放牧在点将台附近
每天等着主人归来,摇着鹅毛扇
领回又一个黄昏。还应该
有一道屏风,大如国门,立在
中军帐外,挡住吹灭烛火的秋风

那几年,五出祁山,一出陨落一颗巨星
到五丈原这一仗,已无巨星可落
整个国家,只剩最后一枚月亮……

南湖的月亮

杨清茨

当第一滴春雨落在江南大地
春风鼓荡浩然正气,吹拂着南湖
红船,坚守百年誓言
让一种精神落地生根
她轻抚水乡温润之涟漪
涛声轻吟浅唱
净莲吐露箴言
美好和安宁在水中舒枝展叶
日复一日,年复一年
这湾湖水在历史的波涛中
述说信仰
写满了沧桑的月亮
用一个世纪
书一册时间与信念的斑驳图志
她在一叶风雨飘摇之小舟里
看中国饱受磨难、战火、饥饿
与贫瘠
最终,以日月之光辉
凤凰浴火之重生
照耀九州安宁
南湖的月亮
抚平这片土地
每一个苦难的褶皱
换一轮簇新的时光

孕育满湖的盎然春色
在历史的天空
自如游弋，拂拭尘埃
它亘古不变的清辉
宛如从不言败的意志

归　巢

姚宏伟

河水终于在这个下午结冰了
一场小雪停在河面
对岸有个影子跳下
一只鸽子拖着一条翅膀,徒步过河而来

上岸的一刻,有人几次试图施救
都被激烈地拒绝
在它的眼里
来路不明的善意是巨大的危险与侮辱

生为信鸽,戴上足环
就注定要将唯一的故乡
标记为永远的远方
注定无条件被牵引着,飞掉一生

这次是走回来的,拆迁工地
已经没了栖巢,提着一口气
挣扎一路就是要把自己的骸骨
带回故乡

一把木椅

宇　秀

这把木椅
二十年前与我一起跨洋迁徙
在张惶无措的异地
贴着它的背脊，坐在它的怀里
就是搬来的故居
不知不觉就坐进了落日。冬的黄昏

闭目，垂首
窗外起风，冷雨零落
一只麋鹿从我破败的身体出走
去童话里复活

森林的涛声在皮囊的虚空里回荡
像故居的穿堂风击打高墙的寂寞
没人知道
只身空谷的羊在寻觅来时的路
就像没人知道午夜里一把木椅
想念着树

莫言印象

赵林云

莫言从屋里出来
见到两位来自山东的老教授
他笑了

莫言站在那里
穿过华北大地下方
连接着胶东那个高密

莫言说他们叫我莫老
八十六岁的宋遂良说
莫老就是不要老的意思

莫言说
这个解释好

张炜和莫言
坐在会议室里
往事很深
他最初当兵的地方
离张炜家只有几百米

莫言开口大笑
有两颗牙好像不在

莫言看了两次表
他知道
时间到了

我在内心养着金黄的意念

田凌云

我惨败于与一杯开水的斗争
它顺着我粗心的裂缝
借由瓶盖之嘴降临我的下巴
和胸口
火焰一般,我燃烧了一天
仿佛爬过一万只残酷的蚂蚁
个个都拿着刀子
在我的脸部和胸口解剖什么
无所谓啊,真的
现在的我不在意容貌
贫穷长久临幸我的高贵,生存整日
不厌其烦地碾压我的认知
可无所谓。我在内心
养着一头唯一的、金黄的意念
这些东西像咒语般令我发狂
即使不完全被我拥有,只赋予我
去它途中的
消失的权利

五 月

马 勺

吉狄马加

我的马勺是木头的时针
是星星撬动大地的长柄
哦！能延伸到意识和想象的边界
造物主为了另一只手变得更长
给了我们意想不到最大的方便
马勺，谢谢你的恩赐，当手伸向天幕
宇宙的容器滚动着词语的银镜
吮吸光的乳头和古老石磨粗糙的金黄
看不见的神枝在支撑肋骨的转动
上面是山脉、云霓和呼吸的星群
在你的意愿所到过的那些地方
是荞麦、玉米、土豆和圆根的栖身地
如果没有你，延长的意义将被消减
没有别的更重要更自在属于我的器具
马勺，原谅我，就是最后的告别
我也不会在魂归的路上将你藏匿
因为你的内敛、朴素和简单的胜利
诺苏人的手一旦握住你的长臂
响彻山谷的颜色就会爬满节日的盛装
享用原始的美食、佳肴和第一口汤
内心充满了对万物的感激
一代代传递在族人的手中
你不属于我，只是短暂地拥有

因为每一次你都为新的
生命的到来做好了准备。

最近我的行踪

海　男

听你的音乐,看一道弧线,那白色的
是宇宙的一隅,它无法种上麦子
无法栽上向日葵,无法酿酒,
无法与你干杯　夜色沉迷于虚无,
早已超越梦想和负担
我验证过语言的色空,它如我的锁骨
总是要呈现或隐形。
最近我的行踪,有两个自我,一个在天上
另一个在尘世。当我茫茫惶恐时,就想飞
幸好有鸟翅载我肉身,那只小鸟在屋檐坠下
我有三天时间为它疗伤,后来,它飞了
当我感觉引力向上时,发现了是一双鸟翅
载我。我到了天上,又被小鸟带到了尘世:
那另一个,回到了尘世。

是的,有大部分时间,我都围着尘世旋转
那些从残枝落叶中吹来的风,荡起了裙角
那些镂空的窗棂,夜色阑珊中的外星人
总是要给我讲述未来事。

萤火虫的光亮才是最亮的

高　凯

天地之间
萤火虫的光亮才是最亮的

天上的太阳落下去之后
萤火虫就亮了

灯盏儿照不到的地方
萤火虫就亮了

种不出星星的大地
萤火虫就亮了

被闪电瞬间撕裂的人世间
萤火虫熠熠生辉

萤火虫的光亮很小
但萤火虫都是自己在发光

草莽里那些小灵魂似的萤火虫
点亮的就是渺小

黄鹤楼

田　禾

黄鹤楼耸立在蛇山之巅
于白云苍茫的水天浮起
像一只扑腾着翅膀的黄鹤
做一个凌空欲飞的姿势

它是一座楼的身体
但有一只鹤的心脏
有一颗诗歌的灵魂
呼吸着一条大江
用翅膀小心地护着一座城市

登楼，骑鹤直上，脚底
生风，楼顶上停着白云
楼一层一层地上升
黄鹤正飞在归来的路上
低处的长江烟波浩渺
风的梳子梳着流水

编钟在第三层敲响
历史在这里留下了回声
登楼，我索性留一层不登
我始终坚信，总有最上一层
人永远不可攀登

母亲节

唐　晴

我在刀尖上舞蹈，鲜血一点点流出来
一部分流进了大地，看不见了
大地上长出无数的藤蔓
它们纠缠不清，枝繁叶茂
我一边想拔除它们，一边继续跳舞
鲜血不断地流入大地
我就这样旋转，犹豫，看着藤蔓蔓延
一部分飞溅起来，如朵朵梅花
落进我的眼睛，落进妈妈的胸口
落进那一只空空的酒杯
妹妹们怀揣一只，装作若无其事的样子
妈妈把头转向了远方，一个人
她不接受，离开枝头的花朵
只有妈妈的母亲节，我在跳舞
我要把血液还给大地
还给自己

再次说到棋子

曾春根

说到棋子,我并不陌生
而说到下棋,却是门外汉
象棋、围棋、跳棋……
我只会下背对背的军棋
蛮冲蛮撞,胜负心服口服
而人与人,面对面
却难能识破心机

我把司令、军长、师长
按官职大小,从前往后排列
兵卒排到行营后方
地雷也一并埋设于此
若前方大获全胜
后方也就安全稳妥了
若前方将士牺牲殆尽
后方的地雷就与兵卒同归于尽
对手万万预想不到如此排兵布阵
运用这种身先士卒的战法
获得了无数次胜利

最憎恨对手处处埋雷
也痛恨旁观者四处挖坑
这些雕虫小技虽然司空见惯
我却时常落入简单的陷阱……

久旱之后

安德明

在雨中,我独自漫步
轻吮那潮湿的感觉
在雨中　曾经
烈日炎炎的日子
我在蝉的声音上
奔跑　期待往事
重来　在孤独如
单调的阳光
在单调的酷热中

坳口风物

蔡启发

车到之处,风也紧随其后
眨眼间,越过了林谷

村口的石板桥
湿漉漉地挽起了半爿街
这石砌的老路延伸出旧石器文化
把山乡的风情,都款待了出来

鸡学着鸟儿,用上树的方式
鹅与鸭,则以游动的姿态
在风中尽情注视着

几只狗,
在坳口也有风的异样目光
仿佛吮吸到了亲熟

清澈见底的溪流,此时
正在思考:如何流向江河
或者来到大海
看山里的月亮,在海上冉冉升起

京城的黄金银杏

曹　谁

金色的银杏叶落满京城
映照着肃杀清冷的秋风
身着风衣的我手执纸扇
从银杏林走过
京城的冬太冷
京城的夏太热
京城的春太短
唯有京城的秋最好
我们从京城的中轴线上走过
西边的银杏是武烈宜扬
东边的银杏是文教宜尊
迎面的女郎也是高贵的金色
我们穿着金色的铠甲
人生再苦闷都要有金色面庞
秋风肃杀中我们冷面冲过
不成功便成仁！

四月樱花，来我诗里

茶山青

来我诗里，樱花
给你一点心血就能复活
还是姿色鲜艳
人见人爱，红颜妖艳一朵朵

眼前樱花冬上孕育
没叶树上打苞
密密麻麻挤满枝条
三月里盛开，艳压群芳满树烂漫
四月初落红
不像三月桃花梨花还不枯就落
一瓣一瓣地分落
樱花开到枯萎
还吊在爆发的绿叶里
不离开高枝，直至枝叶动摇
才一团一团掉落
五六朵一团，落下凑成一堆堆
风来离散或成群流浪
看见令人心疼
若林妹妹转世葬花
红颜柔骨埋一起
灵魂还干净，不被踩在脚下
不扫入垃圾遭受污染

林妹妹不回人世
就来我诗里吧，诗活多久你鲜活多久

夜·秋雨

陈剑虹

夜，秋雨中行走
黑色脚步，摩挲流水声响
静谧醒来，仿佛游鱼眼睛
固定、死亡，雕塑流动
观看的人，只见鱼的一只眼睛

我走出夏天，眼睛湿漉
空气，衣衫霉味
染绿地板苔藓，角落墙壁上
一只蜗牛悄悄爬行
朝它自己方向
家，秋雨淹没蚯蚓
横尸路边，树林深处草丛
毒菇绚丽，采摘者
全然不知
幼儿园唱出的稚嫩歌声

歌词中，秋蝉悲鸣——
秋雨之夜知道……

给母亲的信

陈小平

亲爱的母亲,现在是早春二月
动车正全速驶向远方
冬青长出鲜嫩的芽,灼烧着残霜
在他乡,我并不孤单,我没有
锋芒毕露,像你一直警醒的那样
我已与自己握手言和,已学会
在宕荡的溪流上歌唱时光
我知道,你已原谅了再婚的父亲
在天国,与他居住在先前的居所里
让满屋子氤氲着柴火燃烧的香味
这是梦中的一幕,那么真实
我还看见你站在灰色的站台上
目送绿皮火车慢腾腾地将儿女
运到你年轻时向往过的出海口
亲爱的母亲,今天,我给你写信
你会说:哦,是那个强牯牛平娃子
"他们迟早会让你吃尽苦头"
你说得没错,在我哭泣和痛苦时
母亲,呼喊你就感到温暖和安全
感激你,安放在我心中的
善良,如你的善良一般光辉
使我在仁慈和宽恕中,学习
直立行走,又在嘲讽轻蔑中
感知到万物的结局

松　果

枫　笛

同样是母亲的宝贝
花朵结出的精华
别人长得美丽可爱
我却颜色暗淡满身长刺
一不留神被踢下山坡

遇上一撮泥
或是绝壁危石
就在那儿安家

多年以后
也生下和我一样丑的孩子
和一群鸟儿散居天涯

落笔是你

冯果果

即使在梦中,我也能准确感知
仿佛你是镜子　猎枪　手工陶器
是白昼的腰封,黑夜的背面

你是葡萄的果粉,樱桃的光泽
或者干脆是恰好的糖分,新鲜度
你是透明　镶嵌　是虚无与实际
白与空白,是满溢的心的小兽
是所有奔腾与光的总和

你是时间派来的强盗,盗取那夜的月光和酒
我急于吐露蚕丝,你急于牵来白马
带我私奔,你背上的弓箭
在月光里绷紧了弦,随时待发

雁　字

蒋德明

小时候，只要是这个季节，举头向天
天上是有雁的，会排成"人"字
让我细细地读出声来。我认识的第一个字
是雁告诉我的，当然是父亲翻译给我认识的
记不得是什么时候，天上没有雁了
两年前父亲也离开了我们。父亲教我认识
雁字的时候，说了一句让我终生受用的话
做人要实在，说能做到的话，不虚言
不在人前说话声音过大，遇着难忍的事
像雁那样，鸣一声就够了
地听不见，天会听见

黍　离

卡　西

这是冬天。万物苍白
被冰凝之爪压得抬不起头来
夏日蓬勃的农作物
早已腐烂
得逞的寒风，把最初的诺言擦拭干净
并在夜的伤口上一唱一和

神秘咒语狐狸一样狡黠
在两山之间穿越
在月光与爱之梦的音符中穿越
闪烁的盔甲是虚假面具
顺着雪花飘下
仿佛死亡阴影，坠落在肩上

梦中的盗汗覆盖了不辞而别的一月
聒噪的耳鸣是蹄声
整日拖着我。一切陷入空茫
而水是煽动者，自行结果又自行崩成碎片
无足轻重的叶子沙沙作响
内心的火焰，被逼到深渊旁

江西雨

马慧聪

一直以来
我都比较疑惑
每年的清明节
全国各地都在下雨
前几天我奶奶去世时
也是暴雨倾盆的
这次到井冈山学习
我好像明白过来
这些落下来的雨水
都是生者对逝者
最彻骨的缅怀
就像江西的雨
一年三百六十五天
有两百多天
落在井冈山上

永夜之夜

蒙古月

有风的表达,云的描述
月的沉默,影子委婉的顾盼
饱含又隐藏着沉思之想
情已自禁,去程载归程

娓娓道不来的悠悠过往
打卡纪元的穿梭演绎
不乏梦幻蛰居的音符
空华无处,求索的银河路段

聆听,荡漾的天波
徐徐古飞船
婉转飘拨着旧琴弦
穿过茫然宇宙岁月

安眠,安息,唯此一生
走过,私语,又至无言
这不经意间的回归属地之念
属地无地
临行之际孤独者的告别

等　待

全秋生

风起来了
雨还在沥沥淅淅
百年光阴铺成一家客栈
坐等一群喝酒吟诗作赋的骚客
树一块碑
涂上一层光芒四射的脂粉

桥板烂了可以换新的
一茬又一茬
过客走了还会回来
一辈又一辈
人心变了　桥墩两端的分水瑞兽闭目养神
默默地回忆过往村姑的花衣裳

花郎花郎
两手空空你如今行走在何方
建桥时两岸眯瞪的眼
追着一闪而过的怦怦心跳
魂灵明明已散嘴里却道万福
成就了一座善于讲述的古桥

小祖母

泉　子

二伯父从小被过继给了
他没有任何子嗣的堂婶——
我的小祖母。
她的丈夫——
我的小祖父在他们新婚不久后
被抓去做壮丁,
并很快阵亡。
她的公公婆婆
一直将这个噩耗掩藏起来,
直到这个过继过来的孙子
繁衍出一个枝繁叶茂的大家庭。
而她直到耄耋之年才吐露出
心底的悔意:
她并非对这个噩耗毫无察觉,
她应在更年轻时不管不顾,
重新找一个男人,
开始新的生活。
而她终于活到了
那个年代罕见的高龄,
并在九十岁那年离开了
这个她曾寂寞了那么久的人世。

稻子哭了

—— 悼袁隆平院士

若 离

空中奔跑的不是雨
是亿万人民沉痛的心
隆隆作响的不是雷
是稻子喊父的哭声
长沙街头的汽笛，向苍天嘶哑地呐喊
送行时的一声"一路走好"悲壮得地动山摇

此刻我在不近不远的武汉，大雨滂沱
我拥抱着稻子的伤痛，眺望长沙
看每一滴雨，都是金色的稻香
它们在一望无际的田野，跪哭远方
它们在大街小巷的餐桌上
朝您远行的方向，撕心裂肺地呐喊
父亲，父亲，您听见了吗
我在心里替它们默念，默哀

您一辈子行走于田野间
毕生心血奉献给庄稼，无怨无悔
您的身影，如初夏的风奏响禾的梦谣
您的脚步，如十月的稻海乘风破浪
稻子熟了，您的腰背弯了
全国人民都吃上了香喷喷的米饭，您笑了

您走的时候,雨下得没心没肺
我读着网络上有情有义作别的诗文
瞬间,心如同玻璃窗上的雨珠支离破碎
哦!原来那不是雨
也不是心,是稻子肝肠寸断的念

格尔木河

王 琪

一则昆仑河,一则舒尔干河
此生即使不交汇,也是高原的一条命脉

一座远处延绵的雪山
将行进中旅人的脚步,推得更远

只闻天空低语,大地吟诵
流淌不息的河水,必定不是为我平静

望见这个夏季的从容不迫
也触摸到格尔木的凉彻心扉

时光迂回低缓。如果不是这副凡胎肉体
那汹涌的浪花,我许是其中的一朵

水　酒

雪丰谷

水在地窖里开窍的这天
　月牙儿露齿，与我谈笑风生

这些生性泼辣的水
　修行不出门
　如同侠客，怀揣三千利刃

多少事，从来急
那个口蓄巨澜的少年
恨不能策马扬鞭过山门
一剑封喉，定乾坤

水在地窖里开窍的这天
我与水披肝沥胆，打成一片

许多钢化杯，争相拜把子
我扶着空酒瓶
风扶着我
影子在路上，悄悄还魂

南　音

语　伞

琵琶脖颈弯曲，从那里，
细细丝弦，牵向它
梨形饱腹。也是纤纤素手，
在经过，南方之南。
风并无寒意，转轴拨弦，
如琼枝摇曳，只三两声，
梅花即落满了她的指尖。

若是洞箫循香赶来，
修改了曲调，群马
则再无蹄音。
雕花木楼浮于工尺谱，
窗边，梳妆的影子探出身去
时间，遂化作月色下的传书人。

紫竹隐于丛林，
檀木转动深山。
此刻，乐曲已来到强拍处，
执节者，撩拍而歌，突然
领走故事的中心。一曲终了，
听者起身，绵长余音，
才将它攥紧的世界，缓缓松开。

向讨厌的人致敬

黄育聪

譬如鸡与狗,绣球与茉莉
世间也是,不论英雄还是一介草民
总有人与你作对,拉辫子
拖后腿,让你讨厌起来
上学时,有同学狭路相逢
你品学兼优,不跟你讲话
你成绩差,会白眼给你看
衣纽扣错孔,当着师长
嘲笑一番,弄得你的脸像红领巾
工作后,有同事把笔看作刀
把花朵说成牛粪。鸡蛋里挑骨头
水平波静,就想着要兴风作浪
握着枪,等待你闪失,便子弹出膛
离间,中伤,甚至制造血淋淋的场面
这满地的荆棘,你得小心翼翼上路
遵守规则,不敢越线,闯红灯
要身带镜子,不时照照自己的衣冠
虽是一路坎坷,跌跌撞撞过来
这些荆棘,也是常开的鲜花
你想过吗,事物相生,又有相克的
讨厌的人,貌似敌人,看护者

雨在他们的讲述中

格　风

一棵树
寂然无声
在客厅里开花
仿佛在别处

多刺的花朵
从夜晚的时间中
分离出来
亲人们围着它
讲述各自经历的生活

突然有雨落下

雨在他们的讲述中
散发奇异的花香

六 月

龙井村

黄亚洲

一壶煮开并且冷却到摄氏八十度的清泉,正好把
一个坐在茶园中央的村坊,泡出
龙井的样子

我借了一张条凳,靠着白云坐下
这张条凳,辩才法师与他的好友苏东坡
并排坐过
他啜茶而醉的样子,与我今日相同

千年前,他就在龙井寺里写下《龙井亭》:
虚亭乱石间,中有潜虬府
澄湛源莫穷,旱岁为灵雨

我写不出他那样凝练的句子,我只能从
"一旗一枪"的绿色叶脉上,看出
这个村坊长了一双飞快的脚:始于宋,闻于元
扬于明,盛于清

朋友说我离开龙井村的模样,有点晃晃悠悠
那不是我醉,是全世界跟我一起醉了
地球醉成了椭圆形,也巧了
正好与这个村坊的地形
一模一样

童　年

侯　马

在哲里木路青城巷
立交桥下
一个奶奶和一个小学生
手牵着手
一边过马路一边放声齐唱
罗大佑的《童年》
我怔怔地听着
这位奶奶
应该是我的同龄人呵
或者就是
隔壁班里的那位女孩
看来我真的老了
起码不像
自以为的那么年轻

神　秘

杨志学

有时候,很难说清
我是在走近她
还是离她越来越远

我以为抓住了她的本质
而拿出来一看
不过一缕发丝,两件外饰而已

我品尝了深陷其中的滋味
却又未能获得跳将出来
打开豁然敞亮世界的力量

我拿月亮宽慰
而星星稍纵即逝
我怅然而归,她却在远处招手

奔跑的答案（组诗选二）

王溇海

红的力量

当你从南湖船上冉冉升起
世界便染上了你的成色
一切开始生动无比
那些不屈的生命
用夺目的红
向我们揭示奔跑的答案

当我踩在坚实的大地上
我又一次想到了
曾经的苦难
和撕心裂肺的呐喊
温室中灼人的花儿们啊
我们确实欠那些不朽的魂灵
一个最标准的敬礼

血的经脉

杜鹃的红　杜鹃的白
杜鹃的紫
繁华之下
我读到了血的经脉

山鸟衔走了我的呼吸
然后远远地唱响

久久地
任凭细雨　冷风　静穆
洗去我身上所有的尘埃
我举起右手
握成一股力量
向那些在枪林弹雨中
沉沉睡去的高贵魂灵
再次宣誓

大 寒

宁 明

一滴水,一旦寒透了心
就容易变成
一粒充满仇恨的子弹

而更多的水
选择了沉默,屏住呼吸
抱成一块巨大的石头

我要学会给心保暖
不让它像一湖水
被冷落时,就不再荡漾

祖母的画像

陈群洲

画像中的祖母五官健全。保有年轻时的
气质跟端庄，以及一生的慈祥
那一年，服了好长时间的郎中草药
祖母的眼疾依然不见好转
祖父翻箱倒柜找出最后一枚戒指
祖母忽然抓住他的手，平生第一次自己做主
"眼睛怕是治不好了，这戒指
留给未来的长孙媳妇，做个纪念。"
那一刻，他们盼望的长孙，我尚在赶往人世的路上
内心明亮的祖母左眼很快失明了
她留下的戒指发着恒久的光芒
记忆里的她，裹着三寸金莲
眼睛很大，很好看

风在风里论证了波浪

方文竹

风在风里论证了波浪。在历史的风里
秦始皇与另一个秦始皇论证了万里长城
我住九楼,向七楼的方文竹论证了生活的
上下对齐。两个人的夜晚相加论证了万家灯火
同声相应,同类相求,万物却热衷于
异质连接生成。风在风里论证了波浪
就是这么一回事:两个人就是一个人
但同时是更多的人,惊喜地创造了世界
意义在于新生,问题是人们麻木不仁
而满脸春光,任凭我一个人玩着
时间的积木游戏,心灵一直在蹦跶
就像风在风里论证了波浪。那是谁
拉响了风中的暗箱,在事物之间架桥

木　偶

何伟征

所有话题无金属质感，也无
导电的可能性
更没有丰满羽翼，让人
尝试了一把
关于空虚，空虚的无意义
好比空的椅子
木质结构的外壳，摇曳不出
幻梦。作何解析呢？
除却了假想，假想以外
夜色在倾斜的角度上
落下纷纷鸟啼，无声呼唤
还有蜘蛛网笼罩着的小局促

从此，任人摆布
走不出门槛，听不见
遥远的地方伤感的嘶鸣
木质玩偶似的，本就木讷
抑或是一声惨叫，苛求的凝视
充耳不闻的静默中
跌进了池塘，闷声不响
沉入吃水很深的一方黯淡底部

霞客院

李林芳

李家山庄大队的霞客院小队——峰峦深蓝
伸出臂弯,环住了小小的村落,二十八户人家
一百多口人。一个苍老的声音:
山是盘龙山,河是月牙河,庙是正觉禅

青石山脉,沿山势而下
新鲜地轻柔地跳动,穿过已不存在的大殿
大雨倾盆,大水汤汤,盘龙山下
中流砥柱的澎湃
是层峦叠嶂小心呵护的传说

我少年的舅姥爷,许给了寺里
正觉禅寺最后一个僧人
长大,还俗。成年的他,是骑着自行车奔波在村道
上的乡镇干部
归隐于世间俗事

他的身后,十八罗汉石在时光里风化
龙角挑着一缕纯白的云雾隐去
骑驴的徐霞客,慢慢悠悠
他的影像是云雾散淡,不小心露出的惊鸿一瞥

在磨灭

梁 潮

有时候高尚的小人物
不沾染一点点污泥
比如人字形沙峰
一颗颗亮晶晶的石英沙粒
给高高在上的金字塔打底子
有时候风云际会的巫师
像沙丘起伏一直绵延到天际
同瀚海一样波澜壮阔
变幻成海市蜃楼　戈壁滩的空气
也许江湖比大海还要悬浮
飞沙堆积如山的时候
满地金黄色　到处铺开
而沙脊滑坡又陷落到谷底
大多数的身影都随风飘忽
沙漠的脚印或者马蹄
一场沙尘暴　什么痕迹也全部消失
红尘滚滚而去　神为情所困
难以证明无法看见的自己
神走了还会回来
天使来了长大长高起来
飞上去以后
再也没有飞回去

遗忘的稻田

刘晓平

那些散乱不堪的稻谷
越来越少的稻谷
需要另一些生命的手
紧紧地搂住
那些生长稻谷的土地已越来越少
我越来越担忧
人是很容易忘记伤痛的
昨天的灾荒和饥饿渐渐远去
假如再重复一次
才会记得　人
是离不开稻田的

穿着麻布衣的船工

卢　辉

水是古朴的
破了的帆布也要载人
七八个三五个，反正人都坐在船沿，水
见了人就流

我不在那艘船上，只把
某个辫子想起，把某个背影挂起来
那不是一时的
雾起

水一边，船一边
有人摇橹，有人站立
这些都是风的事
水面起皱，穿着麻布衣的人
背着沉甸甸的时间，等着
你来取

为父亲节而作

路文彬

爸爸,是个让我失声的词语
这个始终待在地下的男人
沉默,我行我素
把白昼全部留给了我
打开灯
我和墙上的影子翩翩起舞
地板下发出阵阵空响
像是他在提醒我
天又亮了

河水高度

——童年故乡纪事

罗　至

这一次无定河河水暴涨
这一夜强娃兴奋得没合一眼
这一回终于可去捞河财了
这一回最好捞到一棵连根带叶的大树
这样爸爸的棺材就有了保障
这强娃的运气还真一般
这一晌午就捞到一棵连根带叶的小树
这小树不够做爸爸的棺材
这强娃还真不甘心
这河里又冲来一棵粗圆的，而且
这可是连根带叶的大树
这毛狮子怒吼着
这强娃一下扑过去
这身子瞬间被河水卷走
这强娃再没有回来
这最后，爸爸到死也没有准备好棺材

奔 波

马文秀

清晨的阳光,夹杂着奔波
囊括了世间的喜怒哀乐

一缕照在女人的脖颈处
起伏的皱纹,激荡成一条河
撞碎了青春的梦

一缕照在男人发福的腰身
听到疲于奔命身后
有柴米油盐叮当作响

唯有嬉闹的孩童
将俗世的欢愉撒向天空
过滤了苦痛

成年人挣扎于隐秘的岁月
奔波让梦有了逃亡的缝隙
于是,纵览山河
发现宁静处的自己才够真诚

生命赠与的惊喜,不需要
刻意仰望,有时就在足下
迈开步子即可

河水漂来蓝蓝的梦

裴郁平

额尔齐斯河的水
在夜色里漂来了蓝蓝的梦
夏风里的灯泛着淡黄的微笑
蓝色水波里发呆的影子
流向了北冰洋
蓝色的海洋里漂满了蓝蓝的梦

夜色让五月的鲜花
盛开在今夜的月光中
蓝蓝的梦
蓝蓝的额尔齐斯河
蓝蓝的天空漂在水面睡着了
河水漂来了蓝蓝的夜的梦话

美人的丛林

上官文露

我的猫把我关进了笼子里
亚马孙的丛林从未高过五十米
原来这个世界的钢筋
都是由借口铸成
院子里的玫瑰肥沃成了妖
田野里的雏菊从未曾在秋天开过花
这天下的美人
都是化肥的骗局

积　木

施　展

遮蔽的阴影下
一块积木落了一层厚厚的灰
它沉眠许久
似乎连自己的价值都已忘却
它渴望重新被发现

残旧的城堡
因为缺少一块遗失的元件
无法辉宏　　只好破败
软耷在角落

被遗忘的积木
它希望小主人能努力找到它
让它重归整体
即使岁月荏苒
即使身上布满尘埃

后来有一天
阴影终于消散
积木又被发现
但找到它的那个人
已经长成少年
再也没有时间
也没有心思

去搭建那个
儿时向往的城堡

致异乡人

舒　然

孤单的身影
你不必哭泣
一场失血的黄昏
并非注定一次失血的爱情

失散的归巢之鸟
畅谈重聚的美好
孤单的你有理由坚信
下一个渡口胜利的归航

今日的黄昏
终究策划不了明日的哀愁
当生命重新打开
且待花香彼岸，幸福还乡

钉　子

孙澜僖

有些时候,晚一点也没什么不好。

我渐渐成了一颗死死的钉子,
自己拧着劲儿钻进黑黢黢的洞里。
这个世界太忙碌了,忙着生和死,
忙着速度和效率,忙着努力和奋进,
却忙到忘记了哭与笑。

光　阴

王黎明

每当我在灯下奋笔疾书。
就会想起年轻时在矿井下
挥动镐头。黑夜里挖煤。
——这神秘的职业，像隐喻
潜伏在我的途中
记得那年冬天的某个深夜。
我骑摩托车穿越矿区
车灯照亮塌陷地。铁路道口
一道栏杆，突然横在眼前
火车的光束撞开夜空
一条明亮的隧道隆隆远去。
说来真怪，在我眨眼的一瞬
运煤的火车拉走我一生的光阴

心　迹

王立世

我后悔一生的是
不能从汗水里
晒出更多的盐
不能从骨头里
提取更多的钙
不能从抑郁的心海里
捧出一颗理想主义者的太阳

我在江南有一座房子

王若冰

我在江南有一座房子
窗户朝南，门庭向北
青山和绿水是我所渴望的
儿女和私情：妻子做饭
女儿读书，小孙子在湖光山色中
追逐变形金刚指引的神奇而神秘
瞬息万变、色彩斑斓的梦想
然而，由于肩上落下来的太多的
草屑和石块。我只能怀抱思念
手握忧伤
在北方和西部时高时低的天空下
用一只脚踩踏模糊不清的未来
用另一只脚
在虚幻和彷徨中
借助别人窗户里泄露的一丝光亮
分辨或迟或早都如期而至的
早晨和黄昏

李 白

王 伟

是的,汉字的浪子再次从碎叶城出发
向东土大唐而来,沿河西走廊
千里走单骑,在玉门关外写下边塞诗
率领五百汉字过五关斩六将
留下汉字里的虎骨和刀锋

在长安城下,攻破唐诗的包围圈
在不夜城中,一种醉买醉另一种醉
你在一些汉字里得道成仙,住在天上
你被另一些汉字出卖,浪迹天涯
山南水北间成为探险家,探险汉字
把命交给酒,成为汉字里的月中人

凌晨四点

王彦山

从青山南路搬到
叠山路的一阵鸟鸣
准时响起,布谷鸟
也不远不近地叫着
听口音,已没有南北之别
送奶的女工
把叮当作响的奶瓶
挨个放进奶箱,天微曙
一夜的休整以后
我再次拧紧身上的发条
在太阳的驱动下
从青山南路地铁站出发
抵达郊外一间办公室
中间会穿过一条大河
一只只鸭子排着队
浮出水面的时候
已是炎夏,华北平原上的麦子
一身金黄地垂首肃立
在黎明中,父亲在磨镰刀
杨梅由绿转红
接近天空的那几颗
已发紫,我低头看了眼手机
六月一号,女儿的电话手表显示

她在距离我一千多公里的河北某市
正和我顶着同一片阳光

当你拿起遥控器

吴投文

当你拿起遥控器
春天的花园刷的一声变亮
草木在风中摇晃婉转的鸟鸣
一幅图画在你的手掌下缓缓展开

这是春天的遥控器
万物呼吸着梦幻的光彩醒来
身体是花朵的土壤，瞬间绽开蓓蕾
河流匆匆追赶游人的步履，从桥下穿过

到处都是在人群中笑着的风景
一切都带着快乐的光影
儿童的耳朵是春风的耳朵
老人的眼睛是天空的眼睛

当你再次拿起遥控器
把频道转换到夏天的盛景
一切都在恍然中再一次醒来
把河流抵在天上流动

四月雪

杨映红

流苏花白,开出四月的寂静
一树一树成堆如雪
滑过的阳光
染出金色微澜,静如海面
而浪花不动,是无声的
树下,依偎在你的怀里
平滑的目光
拍打着时光,水波不兴

恍惚的目光里群树舞动不已
偶尔相视一笑,点亮春风
抬望眼,四月雪漫天飞舞
阳光似从枝头雀跃
斑斓到我们的脸上

轻灵在春的光艳中醉了
这一刻,便是四季
便是永远
爱软糯着,呢喃细语

独坐草间

张林春

山坡上
放牧一辈子的牧羊人
此刻,独坐草间

北风无法撵走一株枯草
旱烟锅无法温暖一只羊
信天游也喊不醒春天
白云跑来跑去
丈量冬日的距离

牧羊人与羊和草打了一辈子交道
猜不透草的心事
听不懂羊的语言
汗一程泪一程
恩一脚怨一脚
也该歇息喘口气
与黄土地说说心里话

云南的大象

赵立宏

云南十五只野生大象
一路向北迁徙的消息
传到了日本
日本有媒体
专门花半个小时的时间
做了一期直播
在中国
这群大象走了五百公里
还没有进城
更没有走出云南
如果在日本
就从东京到了大阪

鹰与蚯蚓

周荣新

祖国之大，九百六十万平方公里
哪里容不下你的一幢房屋
哪里腾挪不开你的拳脚
哪里建立不起你的一块丰碑
你还得去小山村与邻居相争
那本来已经约定，相互退让一尺五
的屋檐滴水，必留的污水雨水沟渠吗

祖国之大，那么绵长的边防、海防
需要日以继夜巡逻、保卫
领空更须警惕敌人的飞机、导弹偷袭
高校、中小学的讲堂需德才为人师表
民用工业、尖端科技急需人才英模掌管
你还有时间精力与眼界城府
在街头地脚与人争讼
谁谁有意无意侵占了你寸金利益吗

伟大的雄鹰飞得高看得远啊
拥抱的是脚下广袤丰沃的大地
花盆里的蚯蚓眼前一片黑呀
再怎么折腾也不过巴掌大一块领地

七月

7

血染的风采

——关于中南大学机器人视觉感知与排雷兵的联想

曾凡华

他坐在轮椅上唱的那首歌
我至今都没有忘
更没忘舞台上他那双空荡荡的腿
——排雷排掉的虚拟的腿
在人生的后台
无法站立的辛酸和悲哀……

而今
这些替我们挡子弹蹚地雷的机器
竟然有了视觉与感知
也就是说
具备了一种替我们去牺牲的大无畏精神
因此
应该在机器后面加一个大写的"人"字
让它成为血肉之躯
有一种诗的灵性和"人"的名分……

若再说它冷血说它无人性我难以说出口
科学的力量让人变得渺小变得微不足道

而机器的发明创造者却是伟大的
与那位无腿的英雄一样

将会借助科技之力
在历史的舞台上
生发出另一种风采……

101

童 蔚

再喧嚣的盛宴
也有落幕的时间
我们从白楼公寓的101号开始
撤离

这是意外
对数字的痴迷
镌刻心底
那里还有个花园
残留101岁[1]的气息
还有月光下血涌的预言
婴儿出生在那里

只是弟弟再也见不到母亲了[2]
只是父亲离开母亲了;
都是,"1",皈依,
调整抚摸零度的零,从头到尾
拥抱在一起

注:1.这一天母亲101岁。
  2.由于疫情,弟弟无法回来见母亲最后一面。

平复帖

林 雪

"往属初病,虑不止此,此已为庆"
曾病听风声雨声读书声
曾虑于国事家事天下事
有病且多虑的先生们
请来月湖吧
真实的平复帖有两个版本
一个必须在时光中封存
另一个必须解放
森林茂密如阳光下的暗物质
亮起的却是老巨木
藤条一年生。植物属
被编织成上千卷的鸟巢
风景沸腾着进入历史
大地用秋天的彩布拼成的山水
枝丫如竖琴,那来自
另一个世界的合奏
如同秘密针尖一样耳语着
月湖宜居,宜山宜雨
宜风宜寒宜暑
宜贵且宜俗

双休日想念蜻蜓

李　强

蜻蜓是美好的
蜻蜓高高低低
高于地下的蚯蚓
低于天上的鸿雁
一般来说
一生中的大部分时间
略高于花花绿绿的蝴蝶
它飞
飞在旷野、池塘、打谷场
它憩息
拣不高不低枝头
它不声不响活着
不讨好权贵
不嘲笑落魄之人
它写诗
干净、宁静、轻盈
专注、直率、务实
怎么说呢，蜻蜓之风格
大约介于李白、杜甫之间

夏夜月光茶

庄伟杰

夏日盛大。夏夜变成发烫的锅
沏一壶月光茶，会心于漫溢的香泽
感知茶语，与清香展开倾情交流
那份惬意，悠然得不着边际

你说，一杯清茶泡出千古绝唱
可是多数人喝多了，会睡不着觉
而我，每天念念不忘浸泡其中
品茗啜茶，早已成为一门功夫

而今我们天各一方，好在我随身携带
故乡特产茗茶，可以自酌自饮
你瞧，今夜的月色多么清幽
我怀抱的虚空，都是光在酿造光

文成瀑布

花　语

它反复喧哗,飞白
说飞流直下三千尺,仍秉持的肃洁
是为群山诵经,为亡灵超度
是山神手持洁世的拂尘,又或
丹青素手为时光老人涂抹的一截白胡
它反复倾泻,高歌
陪俗世虚无,做空中
或轻或重的缝补
这是从高到低,不想回头的蹦极
是怀揣柔弱,以卵击石的壮烈
我身穿雨衣
从它身边走过
都没能挡住它飞落的玉珠
湿我双眸
溅入我的袜鞋

傍晚的扎鲁特

慕　白

黄昏降临，鲜花宁静
白毡房挨着黑毡房
夕阳把炊烟染成黄金
牧羊犬叫了两声

经幡迎风，天与地合一
已经是秋天了
河水一直奔流，西拉木伦河谷
星空遥远
草原，让穷人也有了尊严

毛氏红烧肉

彭志强

舌尖上的味蕾旅程,本来没有尽头
我至少有两次迷失,真以为行至尽头

一次是小时候过生日打牙祭
我从蒜苗和辣椒的丛林中翻出
若隐若现的上弦月或者下弦月
——这种又肥又瘦的回锅肉
油亮,香辣,那滋味最是过嘴难忘
尤其是在郫县豆瓣熏陶以后,它们
总是埋伏在艰难困苦的童年里等我
可是还得等到生日那天,才能安魂
定魄。仿佛每次久别重逢都是梦游

一次是今年去湘潭伟人故里
采风。与黄斌、学敏诸兄啖肉论酒
同样是一团肥瘦难分亲疏的五花肉
——这种连伟人也爱的毛氏红烧肉
竟然打乱了我的味觉认知
无非是白糖、料酒用了心
到了韶山又点了它,到了长沙还是
放不下那油而不腻的金黄
似乎舌战已离不开这支湘菜的奇兵

现　场

阿　信

有一次，在雨季咆哮的白龙江边
三只红色冲锋舟系在一棵傍岸的柳树上。
江水中它们互相碰撞发出哐当哐当的声音。
白色尼龙绳时而像弹簧一样绷紧时而像
抛物线一样甩开。
江水浑浊，油菜鲜亮，青山夹岸
绽开的云层中射出刺目的光线。
我看见三只红色冲锋舟在咆哮的江水中挣扎、
冲撞、跃跃欲试，但除了我好像没有人
注意到它们。
是谁把它们安排在这里又弃之不顾？
视野之内，只我一人呆立峡谷之中
看三只冲锋舟互相挤撞，被排浪一次次推至
岸边撞向岩石撞向大柳树的根部……
峡谷中回荡着闷声的呐喊、嘶吼。
我隐隐有种冲动　我
克制着自己
我知道一种方法可以使它们获得解脱和自由。

辉腾锡勒草原

边海云

我是被一朵小黄花
带入这里的
它灿烂的笑容,成为广袤草原的基色

金黄的花瓣,编织着
嘹亮的蒙古族母语
花的歌声,仿佛就是从我的心底发出来的
一曲曲,与马头琴对唱

它整日与闲散的牛羊聊天
小小的心脏里
有一部关于辽阔与自由的字典

被尘世囚禁得太久的我
已经不记得自由的模样了
如今,被一朵野花的欢喜包绕
我的心,就要抖开马缰
驰骋过草原的远方
要野成草原了

因　果

蔡天新

铁道线因河流而弯曲
河流因大海的召唤而弯曲
月亮因太阳的光而弯曲
彩虹因大地而弯曲

绵羊为何要走过高高的山冈
树木为何要相敬如宾
天空为何要低垂下头颅
我们小小的心灵为何需要闪电

倾听花开

程绿叶

搁浅的石头承载着一个午后
我的身体，正经历路过的风
深情地抚摸
世界越是沉默，就越能听见
花开的声音来自地球的另一端
轻柔，却很真实
扼杀盛开是一种罪过

整个世界都在伪装
封王，或装扮成乞丐
你我都不属于擅长伪装的人
却在世俗之中寻找一个伪装的理由
我的天性依然裸露着性情

低头赶路，哪怕裹满伤痕
也在坚持。最美的河一定泛最真的舟

你的手若是那温暖的风
我就做那风里的石头
我们一起在河边端坐
倾听彼此，地球另一端的花开

时光塑造一种沉默

凤　萍

偶有雨点击打
敲醒沉睡的灵魂
春天载来的诗意
带着不凡的善良
镌刻生命

时光总在眼眸里栽种
一缕清风拂心上
收藏向往的明月光

曾经的铭心
合成岁月的胶卷
留给回忆
让风儿慢慢掀开
在雨中忘记
慎终如初
手捧"心经"
远离尘嚣

人生可以坠落
也可以飞翔
时光塑造一种沉默
爱刺透了虚伪的结实

极速抵达疼痛的内心
那份不舍又重燃成风铃声

推开时光之门

胡　勇

林隙漏过阳光
针一样地扎在树底下的山土上
山忍着疼痛，沉默着
鸟却忙碌，在一片栖息地上飞飞停停
蘑菇在某处默默无语

小溪流在山脚流淌
几朵浮云在天空
俯视着一切的一切
虚幻的或真实的

我怀隐士之心
观望纯净的自然
获得自然的纯净

在乡野山间
我甘愿追随一阵风
推开时光之门

被小雨淋湿的感觉

黄晓园

天空下起小雨
温润的珠
被绿叶的唇一枚枚
含着,念叨
滴滴答答地吐出
楚辞之愤
魏晋之艳
建安之骨
唐宋之风

轻轻的小雨
轻得似有似无
像虚词
穿插在意义与情绪间
而我却像一个动词
行走在雨中
被弥漫的词
包裹沐浴

尕让沟的春天

孔占伟

群山奔袭,一股风在尕让沟探头张望的时候
黄河两岸接纳着某种暖和,坚实的表达
逆流而上,干流之外渗漏出些许荒芜

皑皑白雪,山巅上天然洁净的帽子
帽檐下蕴藏着模糊的四季,当下
春天离勤劳最近,山川的巨变不是偶然
爱的温存弥漫开来,和煦又清新

鸟雀啼鸣,故事码放在朴素的庭院里
表达心底的向往,这凝固了梦想的山系
围拢着村落,沧桑涌动着脱胎换骨的美
版图上勾勒出灵魂一样的土豆、小麦和青稞
山谷内外春风正紧,无可替代的界碑

草木葳蕤,告别过去的贫困
贫瘠落后成为曾经的称谓
坚实的步履,平静的村庄沐浴春风
囿于狭长的天地,渴望突破村庄般大小的天空

我成就不了春风,可内心装着蓬勃的春天

万象更新,那个层次分明的,垂直的春天

那个清晰记载生活的,艰辛的春天
如今,隔山望得见花开的春天,欣然入怀

在某高端理财私享会上走神

李　斌

会场宽敞地容纳下
缓慢走进来的各色欲望的心思
灯光随音乐的激昂
闪烁在脸颊
像兴奋浮在矜持面上
点心摆放得精致
等这些穿着精致的人轻轻捏起
我找到自己桌牌的位置坐下
掏出诗稿审读
主持人分享着肥得流油的财富故事
把我腻得头晕眼花
讲师是根小小的火柴
在财富的皮上一划
听众们便燃烧得赤裸裸
话筒一个接一个地传下去
他们在响亮地理着财时
我在默默地理着一句诗里的一个词

动车库

李木马

如奔驰的马队回到栖息的营地
远方,透明的丝线被车轮缠绕,拉紧
这里,又像大鲸的巢穴
暮晚刚刚垂下铁质的帷幔

有一朵云,千里追随而来
今晚,它将栖身于
动车库东北角巨大的屋顶
如同一团蓬松的棉丝
今晚,它将一边抚慰钢铁的马队
一边擦拭满天的群星
今晚,万物安睡
燕山脚下,这座鲜为人知的动车检修库
几万颗螺丝,如同银河中
飞翔的钢铁焕然发光
它们将在后半夜逐渐冷静下来
接受仪器、光波和我们的目光
逡巡与凝视的严肃检点

春风上脸

灵岩放歌

春风上脸,让我如此愧疚
我的脸上沟壑纵横
沧桑岑寂
黄沙侵占大半个疆界
芬芳已不在
只有寒菊
孤独地在道旁
但,我心中永远有一个湖
湖畔柳枝飞扬
湖中有莲,令我感动
她顽强的荷伞遮天蔽日
幻化为普陀的根基
芬馥沁人,天籁声中
花蕾在碧波间绽放

回　望

刘　春

你曾经想活得像一个诗人
倾尽一切拥抱万物
疯狂地热爱……
而那时你还年轻，羞于启齿

现在你老了，你想向每一个
被抑制过的欲望道歉
它们曾在深夜疯狂舞蹈
但最终……仿佛从未存在

永远是这样——
大海波涛起伏，岸边风和日丽
沙子隐入更多的沙子
沉默者消失于更多的沉默

伟大的蚂蚁

刘西英

一只蚂蚁,天天出入于洞穴
它有一些蚂蚁的同伙

如果这只蚂蚁是谦虚的
它会虚心向别蚁学习
变成一只聪明的蚂蚁

如果这只蚂蚁是骄傲的
它会目空一切蚂蚁
觉得只有自己才是
伟大的蚂蚁

风之潮

彭　桐

风声在窗外，积聚成潮声
星光下的楼房，坐守成古老的木船
你忽略心跳，只听阵阵潮音
听着听着，不经意间
把自己听成溅出船舱的一滴水珠
在潮头上曼舞，流浪

你期盼，潮越来越大
你渴望，在太阳露脸之前
能乘势飞溅到月宫
融进桂花树下那只小白兔的眼睛
等到嫦娥姑娘离开
你才滴落回凡尘
为遗世独存露珠般晶莹的
一滴泪

在寒山寺邂逅一场雨

唐江波

在寒山寺,我高兴得像个孩子
那一眼就能望见的钟楼
始终站在高处
风不时扑面而来
朗朗的佛经和唐朝的钟声落入手中
一场雨也不失时机地赶来
从枫桥的对岸

一千年似乎并不遥远
笼罩在雨雾里的古寺
依然双手合十
而姑苏城外不眠的诗人已隐姓埋名
六月的江南习惯于用熟悉的雨水
冲洗各种清规戒律

一条崎岖的石板小路还是原来的样子
光阴的梯子却一再萌生退意
从大雄宝殿到藏经楼
它们的距离是一池盛开的莲花
此时,虽然没有琴,也没有茶
但我们可以打坐在水岸
心无旁骛,静听雨声

雨中遐思

涂映雪

一场雨
误入了一个季节
将盛放的花朵催落
漫天的雨幕
遮住了春天的入口
不能外出赏花
只能剪裁一段午后时光
拉长，凭栏读书
在心里种植风景
种百畦桃树
引十里春风，穿过
山高水长，帆行柳岸
再设计一场邂逅
由你打马而过
衣袂翩飞
此时蹄声哒哒
溅起的水花
潮湿了绵长的思绪
用雨声冲一壶香茗
将光阴泡软
而你
却不在身旁

喀斯特

王　忆

凹凸不平的山川
以想象力呈现
每个人眼中不同的形态
母亲背篓里的孩子
仰面望天的男子
九匹马争前恐后地追逐
不重要
这些都不重要
背篓中也许不是孩子
而是汹涌奔来的洪水猛兽
仰面朝天的男子也许只是
被灌醉了象鼻山深藏的酒精
流下痴情的泪，淌成川流不息的江水

九匹马，一定是不为存在的意象
我更愿相信，云是心的形状
阐述一群正在跳动的灵魂

心各一方

吴捍东

所有的回忆和过往
不足以维系这份情感
那么
不必再做最后一次拥抱
不必用怨恨的语言
去切割曾经真诚的片段
可以不用说再见
即使再见
也无法接受彼此的色难
每一次的分别和遇见
不要解释
不要争辩
不要自欺欺人地回忆
不要用遗憾来延续留恋
挥挥手
你我心各一方

再次写到尘埃

萧　萧

如果再次写
我要把一个渺小的人
写进尘埃的内部
成为它卑微的一部分
把柔弱写入骨头
把大江大河写进血里

如果非要写我与尘埃
血肉相连的关系
一定要写它落定后的叹息
更要写它在风中扬起的瞬间
像英勇就义者向天狂笑
让大地瑟瑟发抖
当它在风中坠地时
那一声巨响
我从不敢轻易写出

花非花

彧　蛇

如果天边的星坠落凡尘
你是否也渴望能采择一颗？
握在手心，与星月交辉
为麻木的生命点亮一份缤纷的抉择
多想敲开天涯之门
乘着浓郁的夜色绝尘而去
听无声的思念，默默地倾诉
一个久久缠绕脑海，永远不老的传说

曾几何时
笔下毫无生机的诗句已落满尘埃
我，和诗歌互为烘影
却又互为彼此的惆怅寻找心灵的寄托
寂静的午后，你悄然而至
灵魂，在诗意的渴望中得以永生
爱的绝美，该怎样承受
才能映照出回眸时，彼此心中的不舍

追寻夏夜的清凉
在如痴如醉的炽热中保持着清醒
我熟悉华灯初上的游戏
是欲望牵扯着没有灵魂的躯壳
如果花季已走入尾声
还有谁能挽留蕴藏在心底的暗香

凋零将至，花已非花
生命，究竟是一首怎样的挽歌？

入伏简史

张耀月

你听见林中长笛,大致已入了伏
众生不过如此,双手摊开的姿势
犹如入伏进行一半,湿度已穿透人间

雀鸟热闹地呼喊你头顶上的乌云
给渐短的白天以占卜般的擦拭
在黑夜渐长的慢时光里定义出梅

你已习惯高温中审视欲望的合法性
在打破万籁俱寂的蛙声和蝉鸣中
企图分辨出大风大雨中行人的方向

我说不出的时辰都蛰伏于万物
一些爱偏执,一些爱着迷
一些热浪里写满干支纪日的铭文

不屈服于生活的表象和错落的命运
我开始记事、读书,替你们打探人间
可以取火、淬炼、说出爱恨,并不可思议

给烟花评个奖

赵之逵

如果脱贫攻坚工作表彰科目中
要设个最佳绽放奖,我一定首推烟花

你只需看一眼满田金黄
就知道烟花,有多么香甜

在艳阳当空的高寒山乡
花开喜灿的烟花
是村民们幸福满满的笑脸

一排排烤炉,像一个个储钱柜
金箔一样的烟叶,一匹匹挂在里面

入村访贫路过烟田,采收一空的烟地里
笔直的烟杆,依然保持着胜利的队列

从分叉处,又开出一些水红色烟花
她们一如既往,高昂着美丽的头

我喜欢这种高傲
它守护了全村人民大半年的丰收

八月

在哈巴河,看奇幻的云

彭惊宇

阿尔泰山是富甲一方的云的宝库
它敞开巨人的怀抱,向哈巴河辽阔天穹
连绵不断地推送,一系列奇幻的云

金秋。哈巴河畔天然白桦林
被太阳这位丹青妙手绘染成一派金黄
而那些浓淡相宜的白云和铅灰积云
入画,如诗。更增添白桦丛林的静美

我们攀爬上哈龙沟怪石磊磊的岩顶,抬头眺望
天空牛羊遍布。驼队正从丝绸古道昂首走来
哈熊在蹒跚,雪青马撒开自由的劲蹄奔驰

透过那一片低下褐色头颅,集体沉思的秋葵原野
透过金枸杞和红碱蓬,透过阿克齐湿地曳动的苇蒿
能明晰看见阿尔泰山银灰雪冠,正牵引青海般的长云
那么悠远、森蓝,连缀成大美无言的旷奥之境

在从边防马军武哨所返回哈巴河县城的路上
我们蓦然与最奇观的云相遇。一艘硕大无朋的鱼形飞艇
横亘在前方上空,仿佛是超现实主义画家达利的绘画

中年以后

李　南

再也没有惨烈的惊涛骇浪
再也没有背叛和不忠
时光，终于可以用来回忆了。

夏花、秋霜和冰雪不再代表季节
而是你心中的悲喜。

慢慢从书橱取出一本旧书
重读。年轻时省略的愁云晦雨
现在发出一道道金属光泽。

终于可以专注地祷告了
向你的上帝陈述生命中的种种奇迹。
那些能够摧毁你的事物
你只需用两根手指轻轻弹去。

偶尔也去郊游，去千里之外看海
把心仪的朋友请进你的晚秋
在诗句中埋下阵阵马蹄声。

中年以后，你还需要和某个人
有一次通宵达旦的交谈
哪怕之后，永世不能相见。

羊耳峪

李　皓

当队长用山东口音
激情四射地对七队学兵说
雷达兵是千里眼顺风耳的时候
我立刻联想到部队驻地
好听的名字，羊耳峪
这个千山脚下神秘的山谷
山里的月亮被鸟儿
啄得越来越消瘦
闪电没来雨也没下
呼呼的风压住了被窝里的号啕
从前我并不知道羊的听力
到底有多好，但我笃信
它能从电波的声音里
区分出我想家的哭声
像极了羊羔咩咩的叫声

卖面具的人

向以鲜

一辆破旧的手推车
挂满愤怒的脸，慈悲的脸
滑稽的脸，绝望的脸
他的职业就是制售
历史英雄和小丑

木制的瓜瓢脸
牛皮的脸，猪皮的脸
还有羊皮的脸，麂子皮脸
"最金贵的……现在
找不到原材料"

说这句话时，他的目光
刀子一样划过我的
我的脸

日月山的吟唱

雨　田

数不清的朝圣者在今日从远方以远而来
我不知道这日月山的全部含义　不过令我难以忘怀的
却是山坡上成群结队的牛羊　同样是在今日
我用日月山的思念拴住遥远故乡一颗青春的心
今日我在日月山只想着她　我可怜的思念别无选择

高原的风吹着这海拔最高的爱情　大唐在何处
公主迢迢千里而来　公主她守望着什么　也许我不该
在这最高的山巅上寻找绣花鞋和车马
面对这4877米的高度　我不如高原上的一棵小草
我只是这日月山的过客　我的影子不可能留在这山巅

这里的树木喃喃地低语　高原上的风依旧吹着
任凭时光变幻　世事变化莫测　而日月山依旧神奇
有如这世界和荒漠　有如这月亮和太阳　日月山呵
可你早就不属于你自己的了　我唯一的请求是你应该
把我这位过客忘记　就像忘掉一棵枯萎的无名草

今日　我在日月山看见遍山的羊群　我真的不知道
这羊群中哪一只羊羔是文成公主的化身　她会
被什么样的命运牵领着　又将走向什么样的祭坛
在这个世界上人的命运如同影子的梦幻或梦幻的影子
当你忘却相爱的梦想的幸福时　你已经沉沦为仙

遥远故乡的姑娘　如果你来到日月山会深想些什么哟
你是否能原谅我如今把你思念得那么痴狂　日月山
经幡飘扬　我想文成公主当年丢下的日月宝镜
莫不是悲凄的爱和伤痛……还是在今日我从日月山
巅下来
从远处的天边飞来的一群乌鸦　遮蔽整个天空和我
凝滞的眼睛

星　空

姚　辉

它现在是我一个人的

十多种山峦　挤着　却仍
腾出一份空旷　让
一条河宽阔地朝远处静静流去
现在　是命运般深长的夜
我将手浸在河中　我不搅动
闪烁的波澜　我要让整座星空
诺言般　静着——

草虫低鸣　它们的声音
是星宿细微的尘屑　它们说出
我们的某些梦境　它们似乎
已忘记了自己翠绿的夙愿

现在是我们曾经锻造过的长夜
星空　也值得再次锻造
这些弯曲的光芒　应该再一次
淬火　然后进入我们
战栗的骨与血肉

一只鸟在河流上游尖叫　它
看见了什么？星辰从河的上游流来
它就要接近我们攥热过的目的

我　将把我握举多年的星空
归还给你

东门问茶

安 琪

从漳州茶厂跑出的孩子
跑到东门,已是中年了

从漳州茶厂跑出的孩子,在东门饮茶
茶色清淡、茶汤微甘仿佛妈妈,年轻的妈妈

拣茶、包茶、装箱、搬运
年轻的妈妈力气大,生活需要她力气大

从漳州茶厂跑出的孩子,在东门问茶:
古树茶古树茶,爸爸在那个世界还好吧?

难　过

安　然

我为鹰的突然坠落而难过
我为风的暴戾而难过
我为长白山上负伤的母鹿而难过
我为村落的枯槁而难过
我为晨光中正在接受消融的雪而难过

我也为自己难过
长久以来,我从未获得先人的锋芒与理想

思想的光

超 侠

任由思想流淌
从宇宙中央
划过内心的天空
倾泻至银河飞瀑
光 来了
点燃起这世界的色彩
与晶莹 灿烂
天之巅
盘膝 合十
以明亮的形象
去驱散暗夜能量
大脑 运转 计算
测试着世间的忧与烦
输入感受
在黑箱里
用量子纠缠 思考
输出思想
乘坐光之船
穿越宇宙之墙

春风帖

陈安辉

我听不懂春天的鸟语
是遗憾的事情　我不是翻译家
诠释不了花语　还有那一缕缕芬芳的含义
猛虎能爱上玫瑰吗

春风有意无意地
像个无名侠客大道其行
它催生的田野太辽阔了
延伸到地球的荒原

风是善意的
它构筑的春夏秋冬和东南西北
让我们冷暖自知
忘记了悲苦

万丈的人间

邓　涛

我在天台上，拖着一双鞋，自顾自抽烟
烟雾里看这万丈的高楼，万丈的红尘，万丈的人间
我们的生活，我们的繁衍
一格一格的悲喜立起的绝壁
每个家都是耸立的悬崖上一个个窟
一层层垒起的人间在我脚下踢踏踢踏地响
我像是在荒寂的山巅，给5G的世界点起烟火

我就是一个傻瓜蛋

耕　夫

你撤回的信息
好像很长
不止一生一世

读出三个字
却说不出口

我把它
装进一个信封
小心封存
藏于山间一小屋

太阳落山的时候
等你来取

你取走信封
留下那三个字
消失于黑夜

我藏在树旁
面对你的背影
想喊
却没有喊出来

花坡行

孔令剑

来到花坡,我消失于花坡
目光移动的领地,花与草占据

我是其中一朵,一棵,是
它们的全部,名字、颜色的总和

八月,云团像羊群,正低头
吃绿的无边,我是看不见的风

是牧羊人。一个声音走得更远
山峦层叠,像登天的台阶

而太阳——无所不见的巨眼
每看它一次,它就将我归还一次

儿时的年味

林 琳

那个木门红漆的小院,
那个洒满春阳的天井,
那个推磨人弯弓的身影,
随年糕的糯香,
长留在记忆的年轮里……

江南的早春,
仍有未退尽的寒意,
灶头的炉火,
却暖了整个屋堂,
令人翘首的年夜饭香味四溢。

祖孙三代围桌而坐,
品酒品菜话家常讲故事,
浓浓的血脉亲情,
在外婆操持一生的双手中凝聚。

年年有春归,岁岁有除夕,
外婆精心烹制的年糕,
已成我心中独一无二的珍味。
光阴流转,人世沉浮,
儿时的年味已成永不褪色的回忆。

草　药

林新荣

阳光在草叶间跳荡
连接成恍惚
对应着一种暗疾

这是一群隐士
散置在山崖、野地与河沟间
——有时成群结队
有时又显得孤独

孤独是因为未和困扰的人相遇

然而它们蕴藏的巨大能量
需要一种缘，一种混沌的光芒
让世界保持平衡

冬　日

罗　晖

冬日悄悄地来了
寒冷的北风就是证明
看着那纷纷扬扬的雪花
我突然担心起来
四处打工　奔走　讨生活
无以为家的你
北风刮痛了你的脸吗？

在那铺满雪的乡村小路
更有一双穿着破鞋的小脚
已经被冻得发紫　长出了冻疮
但他走得快
在冷冽的寒风里
没有一丝踉跄
他急着要赶到很远的学校听老师上课

在城市的角落
我再一次看到那位孤独的老妇
她那呆滞的面孔
透露出我母亲一般的年龄
她静静地坐在那里
北风把她头发吹乱了

此时　我突然发现我的眼眶里
多了一滴眼泪　也多了一份寒冷

洮州府志

罗紫晨

洮河的水,卷过四更天
拍得某个甲子,翻出墙头
在故纸堆中,摔成一摊墨渍

白纸黑字摹画着道成肉身的历史
几笔带过的干支纪年
为每一篇残页,提纯农历
增订的篇目顺势长出新的季候

关不住的烟火气,钻出行距
呛得卷帙外的洮水,打了个清澈的响鼻

那些已不可考的部分
将模棱的触角,伸入含糊的夤夜
像长钉砰砰打进床头的木楔
多年以后,还让我在一首诗里失眠

这苍茫的人世

三色堇

今夜,注定不是诗与星空的距离
面对满盈的月亮或是一场细雨
面对七月里一朵花的深情
我们倾诉前生,抚慰过往,幻想
老了的时候,以情钟此一生的模样

我们不赞美上帝
只用醒来的灵魂向诗歌致意
向亘古的爱情致意
今夜,更多的湖泊已在心中撞击,荡漾
我们感叹一片松林向内的风暴与持久的弥香

在夜色里描述火焰留下的灰烬
谈论在情感的刀刃上跳跃的词
和慢慢逼近的归途
以及理想与现实的重构
路过夏日的人群他们各自怀揣的心事

此时,我只想享受这份宁静
像一个终于逃离了梦境的孩子
在梦外,在跋涉的尘世
将人生又深深地爱了一遍

古老的句点

盛祥兰

我跟在祖母后面
看见夕光落在她肩上
一个古老的句点
她的低矮,将天空
推得更高、更远

我知道一片叶子
是另一片叶子的反光
我知道山顶是山底的欲望
我知道溪水拐弯
是另一场戏剧的开始
我成长的速度追不上
祖母的衰老
她教会我对大地上小的事物
怀有深深的敬畏
在没有图腾的地方
我喜欢阅读乌龟背上的碑文

破 茧

施 浩

我每天都有一种欲望
就像
一只蜂蛹
死命地咬破束身的茧
但是我顶破头层的缚丝
却无法拔出自身的体重
我等待自己长出翅膀
飞越生命中第一道屏障

我知道自己不是一只茧
破茧不是它的宿命
而是新生
破茧之后便是飞腾
是另一番风景

星辰与孤独的村庄

唐小桃

星辰独立于静的天空
看到了村庄最初的神秘和最隐秘的冲动
看到了迁徙的族群和一些房屋变成的废墟
星辰反复寻找祖先的痕迹
习惯在夜里收拢一个村庄和它古老的梦想

事件蜕化成时间和历史
对于村庄柔软的内心和尖锐的外壳
星辰依然保持着永恒的追忆
秉赋着灵敏的视听和强大的沉默
从未从启齿轻易说出村庄
残墙木楼土砖黑瓦的荒凉古意

喜鹊的白，乌鸦的黑，日夜交替的昼夜
时光里。星辰早已撤离史前的大地。
爬上灯火阑珊高处保持一生的张望
从内心深处升起的疼痛。穿过月夜
孤独，沿四肢长出银色的蝉衣
它以惆怅的默念隐喻着祈祷
用孤独的远观暗喻着更完整的热爱

草原见面礼

王夫刚

穿过草原的公路,还没有学会拐弯
穿过公路的牦牛,逼停了
疾驰的车辆;草原上的若尔盖
只喜欢向一种颜色致敬——
风在高处,叫作经幡
在低处,被称为草尖上的温柔
在更低处,是牛蹄印的
部落里,大海没有理想
我们的目光像一种崭新的计量单位
披着落日的哈达,诗和远方
即将在三千米以上的海拔
遭遇形容词失业的诗和远方并且乐不思蜀

侏儒绒猴和小人国

王晓露

亚马孙热带雨林中
蝴蝶在扇动翅膀,风暴
没有因势而起
一片静谧中
侏儒绒猴抚摸着螳螂

动物的世界里
力量和体重就是权力
乒乓球大的猴子
它的智慧是否高于美洲豹
黑凯门鳄鱼或者森蚺

处于食物链下游的它
仰视着巨大的敌人
心中的恐惧
是否足以触及上帝的神经

而它的近亲
传说中小人国的臣民们
那些和它一样弱小的人类
又在哪个角落里惶恐不安

隔着太平洋又隔了印度洋
在黑色的布卡罩袍之下

他们屏息时的心跳
是否在同一个频率

在龙羊峡看黄河

苇 欢

站在山巅
俯瞰峡谷
一条羊角形的河流
那样细小又碧绿
我用手在空中抓了一把
摊开手掌
看见一道绵延不绝的
血脉

树也有自己的势力

吴海歌

我看到弱势和强势的树在无声争斗
在古镇溪流边,一棵树压倒另一棵树
并把全部枝叶压过去,像在强吻

我来到贵州毕节看百里杜鹃
肥硕的花朵站满山冈
粗枝大叶都是杜鹃
百里之地,少见其他杂树

这是以群居为特色的花树
声势浩大,不可小觑
这里没有一却有唯一
占有,扩张,碾压
难道就因为它是杜鹃

来到杜鹃的势力范围,不禁惊呼:
人太渺小了
它们的合唱,压得大山不能抬头

等一场雨

肖春香

雨,是阳光的反向叙述
在阳光不愿光顾的地方,比如一些背面和沟渠
雨都会仁慈抵达。我在漆黑的夜里

站立如一匹黑马
在漆黑一片的草原啜饮漆黑的凉风
内心,漆黑一团。需要一场雨

把漆黑的天空擦洗干净
露出玫瑰色的黎明,那时我鬃毛蓬松
马蹄也会踏出,发亮的质地

唯有芦花

徐 明

唯有芦花
盛开在武功山顶
以十万亩恢宏
为一个物种正名

都说芦苇头重脚轻
风吹两边倒
武功山脊
芦花只向阳开放
在飞鸟不至的地方
迎风傲雪
岁岁枯荣
让大山有了四季
四季有了色彩
生命坚韧延续

田庐遇雨

雪　鹰

生同时,便有无数同题
而我们一直在写
各自不同的诗,观不同的
雨线,砸下来,溅起
不同的水花
只有此刻
我们汇在同一桌前
被同一壶普洱浸泡,和黛瓦上
隐忍的诗,一起跳动
字节落于石板,有诵读之声
那是我们的共振

如无数午后。雨脚
终于在此重合,踩住我们的
脚印,神经,踩住岁月里
某些撕裂的,明暗之伤
我们发现,一经滋润
田庐,就是诗庐
就是同题诗

我苍茫的心里装着整个黄昏

杨北城

傍晚,我沧桑的脸
撞上了天边的夕阳
柔和的光线,瞬间变成了光阴的暗器
奔跑的兔子,也无处藏身
它们多么相似,都有一颗朝暮的心
欢喜中,沉沉地抵向大地
又像是被镰刀遗忘的两株向日葵
风比量着彼此命名
它们有共同的故乡
落日偏西的远山
人们站在高处,是为了让大风把身体吹空
交换过的灵魂吹得更薄
凡是飞翔的事物都无比轻盈
我曾约你一起看落日
却没想到落日落得这么快
我们竟来不及履约
以前喜欢的风景,现在还是喜欢
就像曾经爱过的人,如今还在爱着
但已不再强求,随他去吧
因为我苍茫的心里,已装着整个黄昏

雪地上有虎的影子

林江合

雪小心翼翼地把道路背上的夜晚加速
加速向一片片含住冬天的寒冷
我再一次期望树冠
在它的阴影下我听着
房顶的烟雾升起成为另一幢房子
窗户里摇摆的炊烟三心二意
听着——
雪堆里小小的老虎一声轻呼
狰狞着漂亮的爪子却是月牙一样的温柔

立 秋

陈 琼

喧嚣和寂静的区别
在一片树叶摇曳之间
反复无常
事情的表象比过程复杂
并且往往无法言说
就比如
风作为原因或者结果
很难判断

将情绪与一个时间节点联系起来
以解释某种行为的意义
是可行的
就比如
今日立秋
由此生发出快乐或者悲伤
便得到了合理的解释
与之对应的生活样貌
也大抵如此

你在天上骑着快乐的骆驼

——纪念胡续冬

夏　放

47岁，你离开尘世的小村子，去天上了。
读过你的诗，麻辣鲜香，像你拿手的川菜，
让百年新诗的肾上腺素快乐飙升到活佛

也跳墙的别开生面。你是新诗开拓活声活色
新疆土的急先锋。这一周，看朋友圈纪念你的
朋友们都说，你是一个总会让朋友快乐，而人人

都愿把你当朋友的朋友。记得在北大和你一起上过
洪老师的诗歌课，一起聚餐聊过天。记得谈起九十年代
一篇小说时，你饶有兴趣地背诵了小说以骆驼开头的

第一个句子。此刻，你在天上一定骑着一匹快乐的骆驼
穿过江湖传奇似的层层云朵，一串犹自带铜声的驼铃，
回响着在天上写诗，仿佛会让新诗永远地年轻快乐

九月

9

山的那一边

周庆荣

可以说是一座山挡住了我
也可以说是我站在山的面前
从山脚 我的目光直抵峰巅
目及之处是山另一侧的蓝天

如果目光转变为实物
就是一块长长的跷跷板
只是我暂时在山脚沉重着
一只远古的鲲鹏
在跷跷板的那一端歇息

我感到一股力量让我升起
我先是平视山顶
然后鲲鹏的巨翅一扇
我就能够俯视山的那一边

所以 我们要想方设法突破障碍
因为一座山通常有两个侧面
这一侧是现实
那一侧是未来

梅花鹿

田 原

一只跑出森林的梅花鹿
来到语言的草地
在流往未来的溪流旁
驻足、张望

身上的斑点
是永不融化的雪片
把枝叶下的阳光藏入皮毛
俨然精灵
花骨朵儿的身段格外耀眼

满载听觉的马车
不知造于哪个年代
一路颠簸
穿越墓陵和村庄

尘土飞扬像一团迷雾
模糊我的视线
马蹄声如雨
响成击打大地的
鼓点

仿佛林中飘出的云朵
梅花鹿超越词语的界限

满身绽放的梅花
渴望返回冬天

草地上的梅花鹿
警觉地转动双目
转动我和我身后的山峦
她啜饮的溪流
加速流动
流过天空的倒影

在我与森林之间
刮来一缕懿馨的柔风
吹弯梅花鹿的睫毛和目光
一个眼神带着她的体温
如一道闪电
为我孤单的心送来温暖

时　差

梅　尔

整个白天　我在阅读你的夜晚
你的虫鸣，月亮和此起彼伏的鼾声
你用手抚摸漆黑的树叶
行走在星星与山川之间
我只要在烈日下闭上眼睛
假寐的风便能进入峡谷
奔腾不息的河流与你的血管相通
心脏　从不休息

我漫步在一只橘子里
橡树悠然地为我遮阴
野天鹅看到一只硕大的龟从湖里爬起
亲爱的祖国　除了那些美好的
我还看到夜晚里你的疼痛
你咬着牙　剔除一些眉间的刺
我举起芦荟　隔着汪洋
忘了白天与夜晚不能相容

一根羽毛,丈量时空

度母洛妃

一根羽毛
藏着一群吱吱喳喳的小雀
一根羽毛,丈量时空
他更像来自上天的礼物
在你不经意的时候
就遇见了它
一根羽毛,越来越大
可以洞见一群小雀的远方
一根羽毛,藏着一群追梦的人。

合 欢

廖志理

四月人间
好风袭人
天蓝得要命
走在小路上
只是几日不见
紫李累累已压弯枝干
摘一粒
尚有酸涩

友人在手机里又呼我喝酒
而我此刻仍在河边
与一树合欢花纠缠
那烂漫的红
似佛语
又似酒肉
令我一时难以取舍

往　事

唐德亮

我常常忆念
那片森林。那远去的红狐
赤色的闪电
美丽了一夜又一夜
那潺潺的溪流
日夜唱着无名的忧伤
坡地上的苞谷
红红的胡须　金色的胞衣
在阳光下是那样的耀眼
戴笠披蓑的公爹
风雨中垂首躬腰
向泥土致敬觅食
面对逐渐消逝的黄昏之影
一个少女，迈过浓雾
推开坚硬而柔软的
晨光之门

江南小调

安娟英

听家乡的小调
婉约含蓄如小桥流水
风丝袅青相伴秋虫呢喃

山水迢迢呵
月是故乡的最明
我至爱的春风秋雨,一草一木
我思念的星河灯塔,片片白帆
及与我切切相关的
缕缕清风里似飞天飘逸的白云
满山遍野盛开的杜鹃花、野菊花
日益生疏,离我遥远……

唯有童年妈妈的摇篮曲
几千年未失原味和精彩
唯有船橹拍水,吴侬软语
在长长弯弯的雨巷
青砖红瓦间蜿蜒穿行
总还有几声琵琶
撩拨小镇、古道、幢幢高楼
守夜人无语的惆怅

夜深深,雨蒙蒙
缠缠绵绵的丝竹管弦

如湖水一般纯净妩媚
若将自己流放进此乐曲中
你就会走进
江南水乡唯美的一首诗
一次次绕过瘀伤

恋　人

曹　波

码头，机场，火车站
高速公路服务区，办公室
游乐场，人民广场
人们倒退
到所在的前一站
山，河流，云，树
草，鸟
都在倒飞
回到昨天的
时刻
太阳从东边下落
梦一直倒做
回去
野兽们陆续都跑出来
天色未晓
你仍站在初次的
列车旁

浔江暮雨

高作苦

浔江流逝,浔江边上的你流逝
百里外的我也流逝,任谁都挡不住
雨水哗哗,雨水流泪

树叶也在流泪,风旋转着
送给我们旋涡,旧日子加速漏走

你是全新的你,我是全新的我
都在淋着雨,等待春天湿漉漉的雷声

江水上涨,大地又增高一米
山川奔跑,跑累的山川模样依旧

在菜园遥望黄花,我就要你的清香
夭折的闪电,闻弓坠落的大雁
必须掉落在你脚跟前

那些草们

孤　城

谁在风中　身腰一弯再弯
把泥土当作约定的方向

最后一拨雨水　踩过来也踩过去
草的肩头开始接近一个人内心的
空灵　仅剩下一簇零乱的月光
没有霜重　且比雪轻
刚好能系住浮动的村落　辽阔的寂静

如果有一天　草们枯死了
那也没什么——
生命过于沉重　在两个春天之间
允许换一次肩

谭嗣同墓前

马启代

高出大地的这部分
已经高出了尘世和历史
能长眠是幸运的
终于可以做一位伟大的死人
怎么可能死去呢
您仰天一笑，阴阳两界里都闪耀着昆仑之光
一死就成了不朽
我今天带来的
是您曾经弹奏过的残雷琴、崩霆琴
如果您不能坐起来重操琴弦
那我就凭肝胆弹奏吧
让装聋作哑的聪明人
知道天地间仍有雷霆万钧

甘南速记

牧 风

从青海巴颜喀拉神山的北麓
从甘川交界郎木寺镇深邃的洞穴
从甘青交融的西倾山东麓勒尔当苍茫草泽
从阿尼玛卿雪山的亘古绵延
甘南被时光之掌激活
成为壮美的河流、山川、森林和草原

这是一片神性的土壤
晨晖中蕴藏辽阔的草泽和带露的格桑
夜岚里吹生格萨尔的弹唱和龙头琴的召唤
是人与兽的生死交融，更是血与泪的跨世告白
是甘南彻夜璀璨的灯火未眠
是远古飒飒作响的神秘之书
被生动的故事拭去了尘埃

訇然而起的钟鸣声
是雪域高处的雪莲瓣瓣颤动
为何生灵的周身如此愉悦
谁的身影穿越冰川和千年神迹
谁的声音亮过天地玄黄
在生存的年轮上刻下探求者倔强的影踪

烈士纪念日抒怀

牛国臣

9月30日是烈士纪念日
天安门广场庄严肃穆
国歌悲壮山河默哀
国家领导群众代表
齐聚广场寄托哀思
向人民英雄献上花篮
表达怀念敬仰之意

吃水不忘挖井人
铭记英雄自当前仆后继
缅怀先烈　勿忘国殇
牢记历史　吾辈自强
致敬英雄　守望和平
岁月无疆　英烈不朽

写到这里
一个旋律在我心头响起
华夏十四亿儿女
让我们万众一心
冒着敌人的炮火
前进　前进　前进进

豆腐房丢弃的石磨

苏文田

堆放在墙角的石磨
没有了锋利的牙齿
连牙床都已退化
再也见不到它咬牙切齿的模样
更听不到它叱咤风云的声音

被石磨碾碎的岁月里
枯槁的双手磨出老茧
油黑的头发磨出雪花
金黄的大豆消亡在石磨中
化作神伤而洁白的豆花
散发美食的芳香
就是石磨中挤出的乳汁
滋养了一代代豆腐匠
石磨迸发出的音符
倾诉着生活的艰辛和无奈

听着机器的欢唱声
豆腐匠的脸上洋溢着幸福
石磨无声地静卧在墙角
成为古老的记忆

故 乡

孙大梅

我不说
月亮渐亮渐圆的晚上
故乡就近了
也不说紫地丁开遍的春天
就是故乡……
每个人的一生
都有至少三个故乡
一个是母亲
一个在梦里
一个在路上

甚至……

王爱红

甚至忘记了你的名字,我
甚至忘记了,是在何时何地
与你相识。我们俩甚至
没有构成故事的开始那样激动人心

我甚至忘记了,你
对我说的一句话
甚至忘记了你的容颜
甚至根本就没有你

你仍然在茫茫人海里
并且和我一样,在一条路上行走着
我会碰见一张熟悉的面孔
非常熟悉,但肯定不是你

因为,这是另一种美丽
一闪又不见了

赤壁感怀

吴光琛

我把自己钉在赤壁的
岸边,不看厮杀,也不听
涛声,只听止水的心音

感觉来来往往的人流
比翻书还快,一口气还未
呼吸完,那把羽扇就已破碎

世事已经回到原点
而你却已不在

仁庄的乡村俚语

晓　弦

仁庄有好听的俚语
比如喝茶饮酒，叫吃茶吃酒
比如田畈干活，叫一铁耙两个稻簖头
相亲，叫对八字
结婚，叫好日
下雨叫落雨，迁徙叫进屋
剃头叫绞发，雷击叫天打
出差打地铺，或者住招待所
一律叫成困客栈
而如今的乡村俚语
像村庄上空走失的炊烟
飘着飘着，全没了踪影

在送葬的路上

徐　芳

整整一天，耳鸣像不断转动着的
手腕上的白玉镯，阳光下的影子
逐渐延伸到看不见的地平线上
却犹如美术课上，我们
同画的远方……

这地方好像无边无际
但就连一条花园的小径
也看不到：四周无山无水
更不见花草树木、日月星辰……

一切还都是年轻时的梦魇
他还未离开自家的大门口
已经赶了一夜的路，还有
多少夜在挣扎向前，只觉得

眼里的这些星星很陌生，穿越了
几十年的时光，却奇怪地
组合在一起——就像
过去与现在重叠，时空无标记

之所以，能够看见过去——
以及，过去从未看见过的现在

要知道，有些记忆因死而死了
但有些记忆，却因死而活了

谦虚的哑语

幽林石子

九江有低调的水谦虚地说着哑语
那个沾着泥巴花描绘日出的人
是中华拓荒者,是粮食的引路人
他像一只蜜蜂,在大自然间
描绘自由的飞行轨道
他用稻子的生长艺术
喂饱一个民族的胃

农田舒展着孩子的襁褓
父亲用英语对话云中月
他扎根于科学的养料里
把目光的驿站建在禾苗的臂膀上
清风吹进家园,吹着
九百六十万平方公里的祥和与幸福
一株水稻伸出叶子
抚摸着父亲胸前的共和国勋章

白沙湖印象

游 华

深邃而清澈的眼睛
温柔变化着神秘的光泽
惊艳帕米尔高原的秋天
打动蜂拥而至的绝句颂词
让无数的纠结
在时间里漫溯

一块晶莹剔透的蓝宝石
至纯至美的质地
惊扰无数夜空下的无眠
文字不知疲惫
天光云影中曼妙轻舞
组合变幻人间陶醉的诗文

别错过一次
遗憾终生的艳遇
或许是一见钟情的震撼
诗意旅途中的回响
万籁俱寂下的忧伤
一道独特迷幻般的人生风景线

禅　意

胡冰彬

我裹着满身清澈
仰望你的春华
融化你的秋实
以你摇曳的身姿为蓝本
描绘风姿绰约的缤纷
从你纤毛渗出的润泽
咀嚼与水共舞的惊叹

你淡淡的笑容
如千言万语的涟漪
轻轻抚摸着我的背脊
将一片禅意
镌刻在幽谷

那石　那树　那鱼　那水……
同气连枝
在相互守望中
孕育出一片空明的意境
一种灵魂脱窍的感悟
寒战般悄无声息
至纯至静可以至永恒
净空幽谷撕裂着规则
植入一种轻盈缥缈的思绪
禅意如影随形

十 月

10

极 限

潇 潇

毛毛草依旧弯曲下身体
那些滴落的痛楚、愤怒、反抗
在每一粒颤抖的露珠中
等候沉默的爆炸

秋千记

卢卫平

这秋千是孩子们玩的
秋千架不到一棵
三年的槐树高
秋千绳能承受的重量
跟你考大学那年你挑起的
一担水差不多
你人到中年那么发福
这秋千怎么经得起你晃悠
秋千架裂了
你的骨头没裂
秋千绳断了
你的韧带没断
一点皮肉伤是家乡用疼痛
让你记住当年和你
一起荡秋千的伙伴
你笑了,笑比哭还难看
你知道这次比儿时任何一次
从秋千上掉下来都疼
但你只能忍着不流泪
更不能用哇哇的哭声
叫来大人一边给你抹泪
一边给你米糖

喊　海

干海兵

那个对着大海呼喊的人
让所有的水退到了后面
海模糊不清、礁石失去轮廓
连猝不及防的海鸟
也被他的声音钉在了倾斜的天空

他一遍一遍急促地喊着什么呢
大海蓝得恍惚，春天有弹性的皮肤
把声音推向了每一根草每一朵花
他每喊一声，海平线就微微抖动一下
他每喊一声，海的镜子就晃一晃

谁也没有听清他在喊什么
但他一直在喊，喊得天地空空的
喊得每一个人都仿佛在下沉
海的豁口就这样被打开又合上，合上又打开
他喊着喊着就泪流满面了
他喊着喊着就地老天荒了

参观杂交水稻重点实验室,致敬袁隆平

吴昕孺

1960年7月,湖南安江农校
试验田里,一株特殊性状的水稻
挡住你的去路
你花了整整十五年时间,终于找到
它想说出的秘密

那是让雨水怀孕的秘密,是让月光
发芽的秘密,是让盐碱地
开花的秘密,是让重金属镉
无处藏身的秘密,是让一株杂乱野稗
变成冲天火炬的秘密

从此,无论走到哪儿,饱满的稻穗
都会在你身边迎风起舞
仿佛一把把银镰,刈去饥饿
深重的阴影;仿佛金黄的瀑布
冲刷掉各种肤色面庞上的斑斑泪痕

一个不知道自己确凿生日的孩子
一个深深坠入科学渊薮的农民
一个独创两系法杂交水稻的小提琴手……
原来你本身就是一个秘密,老天爷用了九十一年
才在那万人空巷的送行队伍
和堆积如山的鲜花中,找到一颗种子的谜底

王国维《人间词话》三境界

段光安

大师行远
寻他
在山间小路
薄雾
看不清远山
有鸟鸣委婉
却不见鸟儿飞过
青草结籽
花儿自乐其间
我拾阶而上
走过一个树冠
又一个树冠

峰顶秋阳真好
普照群山
他家小院矮墙
爬墙虎红绿相间
石屋长满苔藓
我认出那三块条石
叠码成三层台阶
砌于门前
此刻脚下忽见
浮云流连

在乡下

熊　曼

那里是最后的
未被科技完全占领的地方
时间长着一副泾渭分明的面孔
光明与黑暗互不侵犯
一种寂静在山冈上墓碑般站立
河水在远处闪着冰冷的光
野草疯长,间或从中
伸出几朵生动的小花
鸟儿们向着落日飞
落日被一种力量拖拽着
掉下树梢,山峦,地平线
最后消失。黑暗疯了般包围过来
它又冷,又神秘
带着生人勿近的气息
昭告一种新的秩序就此诞生
那里面有一个世界正在形成
人间的声音被迫低下去
直至消失

和小蚂蚁谈心

周占林

孙子蹲下来
与一只小蚂蚁谈心
用他们都能听懂的语言
说着一些让我无法理解的事

小蚂蚁仰着小脸
如同一个智者
他们的交往肯定没有世俗的内容
只有最简单的心思
敞开在太阳之下

此时,大人的大比起蚂蚁的小
一点也不重要
谈心的方式
确立了此时的我们是多余的

宝峰湖的水

刘合军

从云天落下来
柔软地落在阳光颤动的谷口
落在鸟鸣涌动的枝叶
落在苔衣扛起的曲径和石阶
石阶上有来自万千植物
追赶醉人的清风和
歌唱的飞瀑
这时刻
你会
空出欲望的物界和尘世的狭窄
让清流越过穹顶
涌动一季心潮

秋　声

白发科

起伏在大地的呼吸声
在叶子宽阔的胸膛
我仿佛听到野鸽子
吹起的绝响

一粒小鸟
落在湖面碧绿的莲叶上
它下面红色的尾巴
把一波一波的水草推开

阳光一口吞下粉红的莲花
蓝天在上，白云在下
那么花朵在中间

亭子站在岸上
杨树的叶子一半飘落
一半躲在树上
孩子举起的弹弓
瞄准躲在叶子旁边的黄雀

大人们你看我我看你
他们越攥越紧的人生
像沙子从指缝间
悄悄溜走

江水谣(组诗节选)

爱 松

梦
你从哪里来?
传说伯舒拉岭东麓居住着我的祖先
你又要到哪里去?
据说印度洋里有我尚待命名的子嗣
那你究竟是谁?
日东河、克劳洛、麻必洛、南塔迈河、恩梅开江、
伊洛瓦底江……
常常在大雪的梦境里与我交合

伴
我原先有五个伴,江石对我说:
第一个在空中,成鹰飞走了
第二个在山林,成豹奔走了
第三个在水里,成鱼游走了
第四个在地下,成泉流走了
只有第五个盘在江水中
倒拽着星空

渴
龟纹云豹来到我身边
看到江水中错落的石块
将倒影挤动
它想起自己的母亲

那只母豹身上飞奔的暗斑
兴奋地翻卷舌头
舔舐石块饥渴的尖棱

阳光再奢侈一点我会泪流不止

布木布泰

细小的花躲在草丛深处,仿佛
阳光找不到它的藏身之地
至亲、名字和生辰八字都已无从考证
花的命。草的命。我的命。又有什么不同
从雪山上流淌而来的泉水,灌溉了光阴
身体里的水分子在不停地分解
那些陪伴花朵的小草,也该有平凡的幸福吧
真相假象又有什么不同,结局早已注定
花花草草的基因,由谁出具鉴定报告
你么?
我想认领一个晌午的孤独,去完成
某个秋日的史诗
需要获得什么人的恩准?
我需要从一片落叶一朵雏菊开始
从一枝蒲公英的降落伞,开始
从一株狗尾巴草的转世,开始
从远在路上的第一场风雪呼啸着,开始
阳光再奢侈一点我会泪流不止
遥远的声音像是在对我说:时间的荷尔蒙无人可以
秘制

花　坡

郭　卿

那些花在草垫子上互相击掌
当高处之风从不同方向捶打它们的时候
仿佛人间秩序混乱
每一种花在无数次的击倒中又站起
努力完成自我的完美性与生存的权利
当雨水迟迟不肯临幸
你会发现，它们将会更加肆意绽放
扩大，延续着生命

那种美仿佛万神眷顾
那种美来源于残酷无情的摧毁

简单的生活

黑骏马

简单,就是要学会删繁就简
能删则删,能简尽简
该简化的简化,该省略的省略
简单到深居简出,四舍五入
简单到一日三餐,省一顿是一顿
简单到虚伪朋友,少一个是一个
简单到只穿短裤、二股筋背心就能生活
简单到,迎来送往也不再四菜八碟
只要有酒可喝,有风吹,有月亮做伴
吃什么都是大鱼大肉的做派,都有仪式感
简单到,曾经难以下咽的粗茶淡饭
怎么品都是山珍海味,满汉全席
以前,总幻想情人、知己、私生子
如今,诗成了最忠实的情人,一堆"诗生子"
不遮不掩,也不违反法律法规、仁义道德
不用买香包、首饰,不献媚,也感情满满
不是每个人都能侥幸脱逃,必须兑现承诺
最后,连曾经奢望的豪华葬礼也一并毁约
一个人走,谁也不通知
不打招呼,不做告别仪式
一切从简,一概省略

西　湖

孙大顺

那么多人，带走断桥
一湖春水，百感交集的明月
没人留意停在传说的入口
清凉的风
天上台阶，一动凡心
人间楼阁，就悄无声息地晃动

那么多人，请走残雪
遣散沉默的树影
只有我，看清了借蝴蝶的翅膀
显形的风
我的孤独去哪儿了？
湖山之间，字迹模糊的寂寥
从未完整地离开

风望着我，我望着风
这沉甸甸的时间
应该留住一些朴拙的流逝
风走下长堤，完美的距离消失了
我们背靠着背，望着天空发呆
也仅仅是发呆，什么都没留下

如果胡同会说话

谭 杰

如果胡同会说话
它们会说些什么呢
陈旧，斑驳，巷子口的狂风
它们又会说什么呢
几百年，来来往往的百姓官人
他们又说了些什么呢

从国学胡同拐到官书院胡同
又从国子监路拐到箭厂胡同
胡同那么多
巷子那么长
我们一直走，一直走
从明朝走到清朝
从清朝走到民国
从民国走到现在
历史那么长

我在巷子口坐下来
要了一份冰激凌
那么冰凉
像一个人平凡的历史
牙齿冻得咯咯咯咯地响
还那么多人喜欢

天门山

汤红辉

请允许我把腰再高挺一尺
请允许我把头再低颔三分

天门洞是天眼
上苍有好生之德
对世间事睁一只眼闭一只眼

任由天门山这般绝美遗世独立
任我们在这奇峰秀水间羽翼丰满

只是仍心存敬畏
不敢在这山水间过于放纵
怕轻于肉身的灵魂找不到回家的路

哲学的慰藉

——读《伊壁鸠鲁笔记》

远 帆

哲学当然不是用来慰藉的，但慰藉却是人的不时之需，如爱意。

但她必须是自由自在的，像鸟儿飞翔在天空
像青草拔节，花儿开放，像我偷偷地微笑着想你……

她有俊朗的思想，那思想对世界有晨露莹洁的
判断，对丑陋的微笑最体现她的高度和宽忍。

她一定属于大"友谊"的范畴，因为她包容更多人，而不需要，让这部分或那部分或不完美的世界离你而去……

遗 憾

中 岛

突然发现
将要步入晚年的我
从来都没有浪漫过
这遗憾正穿过
《绿岛小夜曲》
在五彩斑斓的
水波上
涌动
我非常羡慕
诗人芒克
他70多岁了
还依然来电
收获爱情
他领着爱妻
到处游玩
把浪漫遍布各地
他永远年轻的心
和追逐爱的行动
让我显得比他苍老
看到比他小60多岁的女儿
和比他小50多岁的儿子
我就羡慕不已
也想再找一个爱情
浪漫一下

但我真的不知道
浪漫是一种哲学
转化来的动机
是的，我喜欢哲学
但就是不知道如何
应用在浪漫上
我与前妻离婚四年
一个人孤独地前行
她对浪漫
没有一点兴趣
而我渴求
也得不到回应
现实击碎了
我的一切
也不再想浪漫的事情

在茂名浪漫海岸

周　野

在长长的长长的沙滩上，你像个孩子
你要和海鸟比奔跑
你要和潮声比狰狞
你要和寄居蟹捉迷藏
你要礁石抱你

你要一盏渔火猜一棵椰树的手语
你要一双脚印紧跟着另一双的
在风中，你的翅膀总是比谁的都飘逸
在夜里，你的眼睛肯定最闪亮
每一片霞光都比不过你好看
所有的浪花只属于你
你说我要，我要
这带不走的一切，我就要
如同多年以前你要一个穷光蛋的一辈子

去他的年过半百
去他的一事无成
这一刻，五点三公里的岸线
我的爱被浪漫得不行
就算用一辈子汗水换不来浅水湾[1]一平方米
我也绝不怀疑这一刻值千金

注：1.浅水湾：指香港浅水湾。

骑马的少女

——致MY

朱文平

穿过北美亚寒带辽阔的针叶林
从底格里斯到幼发拉底河流域
奔驰而来的草原骏马
放慢了脚步,优雅而诗意

骑马的少女抖动着手里的缰绳
森林覆盖的湖面碧波荡漾
如你清澈的双眸,雨后
天空中划过一道彩虹

在风中飞扬着你扎成马尾的长发
以及微微上翘的芳唇,还有那顶
帽子。都在此刻成为
这个初秋的一道风景

相　见

张　民

那条乡村土路
那么温暖
从镇上一直延伸到你的家门口
可是她不会这样等你
天长地久
海枯石烂
她在夕阳边上站了一会
她身材偏瘦，面容黢黑
她对我很有魅力
她或许另有所爱
转过身去
她变脸了
乡村小路硬化了
我不敢跟着转身
不敢
我怕一切瞬间变了脸
彼此消失了
永不相见

夜听秋声

秋　池

一路风尘的
不止是昨夜那一场雨
还有那
一直嗞嗞作响的心
此刻　我只想听到
秋天落在地上的声音
将心情
从此分离在天上人间
没有归途的异乡
也许可以看到一轮故乡的明月
升起在无望的心间
抬头
便可见故土和亲人
还有
烈酒和岁月

黑在四处弥漫

王近零

我隐于沙发的一角。有什么
从窗口潜了进来
桌子上苹果的红,雪梨的白
香蕉的黄,一遍遍一层层地
涂成黑。远处的那山
被抽走一条条的峰峦线
藏了起来
我也不见了。这世界
一步步坠入深不可测的深渊
有人蹲在路边吸烟
烟头上若明若暗的亮,不时
把他吞噬,又不时把他
从黑暗中吐出来

水的平方是大海

刘春潮

大海是形容词
水是数词
我就是量词

星光是偶数
我是奇数
爱就是无穷数

沙是动词
床如果也是
黄粱美梦就是虚词

水的平方是大海
睡觉是语气词
你和我仅仅是连词

甘　南

虎兴昌

到了甘南
你会忘记来时路
牦牛，草原最美风景
象征，牧民身价
这里天很空，除了蓝
白云在天边放牧

安静到无法
想象，走过草原的日子
一位藏族姑娘
盯着牛粪上的蝴蝶发呆
多次起身
偶尔望一眼牦牛背影
她在想什么
傍晚，整个草原都将没入落日
蒙古包里灯亮了
夜风轻轻送来牛粪散发的奶香

燃烧的宿命

陈欣永

火是一剂良药
玩火,就能将每一寸病根点着
供养在心里

水是它的暗疾
燃烧是一节节散装的宿命
我要留些欲望的灰烬

在赶夜路的时候
可以把光的部分取出来口服
对症每一处内伤

把半新的邪念
泡在酒里,每玩一次火
全记在爱情的账簿上
烫伤的,账目里都会有疤痕的明细

十一月

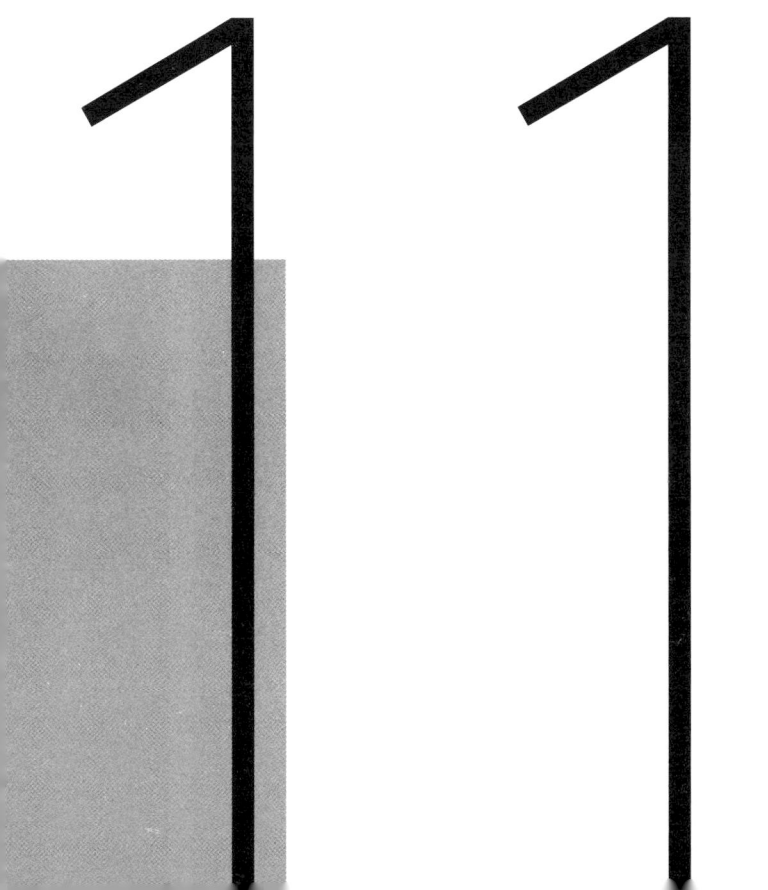

11

过期了

叶延滨

一滴水在陶瓷酒罐中过期了
过期的瓷瓶发黄的商标
让过期酒成为贵族

一滴水在岩洞石笋尖过期了
成了时间的隐秘的乳汁
时间在岩洞长出牙齿

一滴水在候鸟肚子里过期了
这滴水就创造了奇迹
穿越过浩瀚沙漠

《小池》[1]——小荷才露尖尖角，早有蜻蜓立上头

梁晓明

和春末一起出发的，是杨万里难得闲暇的一个下午
最早的消息来自家乡的阳光雨露，还有穿透江西
诗派的无数次
深夜难眠的改变思绪，诚斋体的早年风貌，
在杨万里的眼中渐渐成长为新的山峰，一个被后人
不断推崇的清新世界，诗歌可以和大地同存
就像眼前这一个小小的荷尖，水到渠成
无需宏大，更无需风云雄浑的翻卷
大千世界，用小小的一只蜻蜓
依然可以把整个季节平衡在薄如纸页的两小片翅羽下

是这样一种崭新的领悟，在默默凝视一片水域的
春末的下午，在杨万里奋笔挥下的锋毫中
世界有了一种新的阅读

注：1.《小池》是杨万里诗风转变之作，也是诚斋体的早期代表作。

多么彻底的冬天

潘洗尘

即便是炉火正旺
这世界的温暖也是有限的
尤其是当我弯腰添柴时
随时揣在兜里的药盒
还不时地发出
哗啦哗啦的声响

多么彻底的冬天
一想到最寒冷的日子
远比书桌上的台历
厚得多也扯不尽
而深患抑郁和绝症的人们
究竟要怀着一颗
怎样燃烧的心
要有多么大的勇气
才能从如此彻骨的寒冷中
找出一丝一毫的
温暖和诗意

戴河海滩

苏历铭

午夜的街灯把我的影子
照成一根细线
一直延伸到蓝海道的尽头
尽头是大海，涨潮的海浪声
一阵大过一阵
今夜将有多少生灵
诀别自己的家园
坐在海滩上
圆月当空，一条巨型货船
隐现在海平线上
它像陆地的弃子
漂泊于大陆之外
起伏于惊涛骇浪之上
期待大海给予更多的启迪
一个夜晚过去，不间断的海浪
顶着白色的浪花
留下无数个泡沫
破碎之后，残留的贝壳
安静地镶嵌于海滩上
预示着大海深处
也有生死离别
喜欢坐在午夜的海边
忘掉身后嘈杂的陆地
瞬间回到内心。本想盘点很多事

坐下来的时间里却什么都不想
像大海遗落的一个泡沫
最后变成一滴水

水杉树

梅黎明

一行水杉树
又是一树的嫩绿芽
改变了昨天枯枝的样子
枯的是岁月
绿的是眼前
枯的是告别
绿的是迎来
凝望着一年与一年的枯了绿了
不觉有一种伤感
又有一种安然

梅岭"六公"吟(节选)

丘树宏

赵佗

那是二千二百多年前,
五十万兵马走过这里,
苍苍茫茫的大庾岭啊,
从此有了同轨的路衢。
一百万只脚印,
从小篆走成隶书,
一片远古的百越,
就成了秦水汉土。

惠能

背负起黄梅的衣钵,
就背起了荆棘和苦难。
刀光剑影的追杀,
撼动着佛的旗幡。
一段心声一般的偈语,
将天书书写成了平凡;
一部日月一样的《坛经》,
开创出东方的中国禅。

汤显祖

自从那一年走过大庾岭,
一个"梅"字就种在了心间。
多少日子晓来望断梅关,

咏梅诗也留在新妇滩前。
庾岭南枝时动梦想，
柳垂横浦岭梅香；
一部《牡丹亭》，
写尽世间爱情绝唱。

陈毅
二千年秦汉雄关，
曾经多少浴血战场。
二千年诗词歌赋，
怎及我《梅岭三章》。
好一个断头今日意如何，
英雄好汉生命伟大悲壮；
好一个人间遍种自由花，
天地日月与我同声歌唱。

大雪时的疼痛

肖　黛

大雪时，风光大白于天下
但这一会儿左边雪垛高高
过了一会儿左边的洁净却平川往远
另一边的日子难道都热爱夜幕
无话可说。这只是感觉莫名

比如当下凛冽漫漫
而我不怕相悖的开始和结束
在悬挂的陡峭里
对古老，对自然物语
倾身其中。这才是疼痛的躲避

我的疼痛已碎为粉渣
分布在每一粒冰冷的细胞中间
即便如此，也不能发出乞求声
我得让无语不亚于大声歌唱
甚至唱出危险的最细节

这不，英雄传好像已然完成

山中望月

赵晓梦

失去的青春全都在树下
一枚松针压着另一枚松针
越来越苍老的容颜,全都
贴在树干上。想要拾起的
月光散落一地,风一吹
刚签收的账单又挥霍殆尽

我回来,压低夜莺的嗓音
人性的弱点爬满枯枝败叶
这样的盲枝不剪,月光至少
少三倍。几十年来
山路一直在准备,泥土之上的
岩石还是那么沉稳。松果的
嘴唇里,谁都有一吐为快的冲动

连一声鸟鸣都没有的丛林
大山的气味全都释放出来
怀念枝头上猫头鹰的梦境
正在离开身体的月光
又向树后的山崖爬去。松涛里
还能听到我的心跳与叹息

格拉克的阳台

谢小灵

拼音字母进入爬墙虎的行列
森林里的酒窖激励了全排的士兵
他早年答应给词汇提供一个笔录
好比灰烬对煤炭的挖掘考古
教会语句运用与之相关的养料
吟诵或者从没发生的情节
林中阳台如同一个不完整的人偶尔对灵魂请安
生活这条鱼尖利的鱼鳞划伤水塘冻僵的翅膀

岛屿是海的花饰和头巾
沉寂了三百年的战火
透镜取代遮蔽为洁白庇护
关闭的道路无疑都将变成下坡道
在他们口中津津乐道格拉克与布勒东之间保持着
长久的友谊
他和某段音乐乘坐同一趟列车
距离会比我们想象的更近
用德勒兹的块茎理论
还不够平衡受限的有限
不可及之物回忆负重的那部分

思想者

远　岸

思想者
为极致的绚丽
飞翔
悬空
仰望
璀璨夺目
暗红色的液体
沐浴着《心经》的诗行
上帝的血
神的泪滴
圆润　丝滑
梦幻般
燃烧
整齐划一的声音
痛彻心扉
鹰长啸
世界成为谁的影集
星星满天
只有月亮
留下密码
守候夜空的芬芳
高高在上

喝 茶

方雪梅

当暮色排山倒海
我早清空了胸腔
热闹的鸟叫　与人声

不出发了
坐在岁月的木纹边
看夜　怎样无声地
漫过余生

把时间的厚垢
心脏上的茧
都酵出金花　寂寞如坟
任人生风大　佛不言
有禅茶一味
我也不必说话

蜂　鸟

冯　娜

漆黑的眼睛，像那扇总也敲不开的门
梦使你的身体悬浮，雄蕊竖起它的毛鬃
我希望振翅时隐藏一些响动
三千多万年前，化石在山地南部闪现
让我继续隐瞒一滴蜜的影踪

大地蓝色的腹部，狎昵的雪松林
越冬的还泛着雪光的山脉
那唯一不诱惑我的，紫外色谱的花朵
就是催促着我的，命运的嗡嗡声

我的眼睛，不是用来流泪
不同年份、不同纬度上的植被
经我的喙，解释她们古怪而有魔力的心
我在白昼飞行，不是为了游历
那些追逐的故事千篇一律

赭色的岩石倚靠着亮着灯的夜晚
灌木丛中，母性的气味忽远忽近
我的耐心，和人类的驯服相仿
在恐惧边缘，我们拥有近亲的嗅觉

我的眼睛，不是为了收藏聚在一起的星星和死亡
在藿香的心脏，我获得过奇迹

肉体的危险让我得到过一双女人的手
她的不幸和陶醉，都由其他人诉说

大地透过我，完成了它的纤弱
迁移者，在我的羽翅上战栗
我的记忆不是为了分辨，而是生存和遗忘

石鼓书院的月亮

甘建华

晚上9点以后的月亮,才是最纯美的
月亮,高高地悬挂在中国夜空
天幕湛蓝,如海深邃,清辉皎洁
亿兆黎民欣欣然,嫦娥仍在唐诗中奔月

与繁华做伴,驱车观看满城的灯火
沿着蒸水南路,迤逦东行
惊诧于十里江湾,何时璀璨于对岸
星光连着月光,于石鼓文化广场歌之舞之

今夜中国,观赏月亮最好的地方
在湘蒸耒三水交汇处,在石鼓书院
河风送爽,街巷安宁,每张脸都笑容可掬
七彩禹碑亭,有拍摄月亮的最佳角度

子夜时分,赏月者依旧兴会淋漓
夜游的湘江一号,尚未载客归来
江中航标闪闪烁烁,城市复归宁谧
我们仰望月亮,月亮慈爱我们

赶大集

郭富山

穿过八里桥,继续往东
走到杨树林屯东头的高冈
就可以看见村子里来来回回
游动的人群,他们在品尝
粗花瓷碗,小磨香油
青蓝白布,年夜的冻梨
大粒盐巴和熟悉的吆喝

二百年前这里的集市
飘过这样的场景,二百年后
这里也许还会重演这场折戏

只是那时的人群里,没有了三叔
二舅,也没有两手空空的父亲

与乌云通电话

胡刚毅

把电话线架进乌云的房屋里
与风神雷电互通电话
向它们问好、祝福、致敬!
摸摸它们的心跳和黑脸蛋
瞧瞧它们疾走的足迹和翩飞的衣袂

哪片旱地要雨,哪片土地涝了
让它们心底有一个谱,省得
冷不防放出一条惹事的蛟龙
不够长,借城市甩向乡村的公路线路
去接听,借大山甩向大海的江河线路
去接听,心跳抚摸心跳,手拉着手
遥远的世界缩近为一张地图

"我也想与大家通通电话"
乌云甩下一道道闪电的线路,我一次次伸手
没接住一条线,高高的山岭上的
一棵大树替我接住了,霎时腾空起火
烧黑了每片绿叶,无数焦黑的嘴唇
翕动着:能量太巨大了,不论是爱
还是恨,都让我们承受不了!

风筝的随想

剑　峰

我到这里之前
是茫然的一片浑浊
抑或澄明
只能从书中查阅
多个典故
串联起的飞机模型
左手扶手上的那个按钮
拉下遮光板
把这些小礼品带回家
一个赤狐书生的鬼幻故事
席卷每个人的心
她面朝大海
琴棋书画
这都无法追忆
电子屏幕上的发明
舱里舱外，音乐、雾气
人们心猿意马
急着打开行李
像一场音乐会的尾声
把爱的告别仪式
发挥到极致

杏 仁

刘雅阁

微苦的记忆里,妈妈
总在杏树下给我们吃杏仁
那心形的奶白,来自
杏花的粉红

我们吃杏仁,我们长大
后来我们也结出了自己的青杏
而妈妈,已收缩为一枚
干瘪的杏仁

狼毒花

马海轶

路遇狼毒花
想起某个作品研讨会上
专家赋予它的
多重象征意义
到了现场就会发现
人与狼毒花
只能存在三种关系
一是路遇
相互客气并问好
然后彼此放过
一是采一朵
插在同行女孩的头发边
一是连根拔起
编成花环
戴在冒牌货头上

茶　忆

钱轩毅

佛光从云雾低处的地层下长出来
时间停止，在眼前的一芽一叶

茶马古道，连着西峰岭的经络
远行的叶子，将返程的地图刻入心脉
沸水中旋转，浮沉，打开身体阅读

让每一片叶芽长成自己的模样
我们曾经拥有如此简单的爱
脚步匆匆，直至暮色降临，内心微痛
直至茶香把黄昏撕开一条裂缝

回家的路是离心最近的路
我们在茶树低矮的绿荫中蹲下来
说起那年的谷雨时分

风　骨

王文雪

这一次,梅花一定比以往的冬天
开得绚烂

当凛冽的风雪飘过
有众多亡灵在向洁白靠近
我不能像先前残败的花朵那样发出叹息
目光落到枝头,我要将雪花带进屋里
融化他们,然后一口饮尽

风头正猛,我也学着他们的样子——
在炸裂与沉静之后,与众多的白
一起傲然前行

杨万里与小荷

王秀萍

泉眼无声,小荷尖尖
一场生命的怒放
蜻蜓,立在了枝头

六月的日子
在池中,坐成一叶小荷
听蛙声一片
在风中,相思又长了一寸
看万物丰盈
在季节之外,江南之南
守着一季烟雨

诗人,雕不出一支笔所赋予的重量

吴光德

他像一名石匠
用半块石头
雕琢出一场风花,一场雪月
有时候,也雕琢出自己

他的本意不是这样的

他想雕出大海的辽阔,和大地的呻吟
想把女人,雕成一眼生命的井
雕成太阳,雕成山
和山上那个男人的伟岸

可最后,他雕成了一尊行走人间的佛

铁锤敲击石头的声音
像极了布达拉宫传出的经声
像极了黑土地上铁铧破土翻涌的阵痛

他知道,他可以雕出人生百态
雕出风云雷电
但唯独
雕不出
一支笔所赋予的重量

寻　觅

西　贝

你孤独地摸索、寻觅
但宇宙总是把答案藏起
就像与你捉迷藏
蒙住你的双眼
让你盲目地走在大地上

冬天，大地越发安静
宇宙是游戏中的孩子
忍俊不禁、笑出声
在混沌窈冥的天地中
被你当成一个神圣的启蒙

滂　沱

夏海涛

花朵坚守自己的清香
可以凋落
却不会放弃对果实的承诺

一棵树　从来没有放弃
所有花朵、树叶和泥土的依恋
向阳而生
垂目而视　树的一生
越老越有了坚守的意义

我已经守不住自己的泪腺
那些坚硬的壳
那些铁石组成的规则
常常被一缕柔风攻破
一个针尖大小的善良
都会赢得汪洋大海的呼应漩涡

一丝丝洁白的蚕丝之上
挂满了整个世界的柔软

温暖的地层

杨伴旻

这个季节　已分不清春夏
活下去　艺术算什么
下一个轮回　在金阁寺的火光中

这里　堆满狂欢的笑脸
温暖的地层

一旦失去知觉　监牢便是最安宁之地
活着算什么　当梦已不再醒来

别了，德令哈

月　剑

街道上，百灵鸟
在唱祁连山的曲子
所有的房间、客栈
门，开始虚掩着
远方，怀素湖
依然在梦乡甜睡
留下的，继续追寻
我驾一叶轻舟，离开
把写好的诗
安放在巴音河畔

玻璃栈道

祝雪侠

玻璃眺望台
蓝天和白云的倒影
铺满了整条栈道
脚下踏云而行的快感
玻璃栈道在雾中若隐若现
天上人间的美景
让人惊叹不已
挑战天空之路
少女婀娜的舞姿美不胜收

时间简史

涂国文

如果抹去五十五年光阴
他今天刚好出生
他的父亲正带领社员在四十公里外的
康山兴修圩堤
半个月后才回到家中

如果抹去四十年光阴
他开始离开家乡，练习成为游子
他离童年越来越远
离家乡越来越远
他将游子做得炉火纯青

他不断失去：故乡、母亲、父亲
他不断获得：青春、岁月、太阳

他在时间里饱经磨难
又在时间里顽强生长
他将所有的风霜雨雪都沤成养料
他一直在生长，即使已过知天命之年
他永远是个长不大的孩子

十 二 月

拉　黑

吕　约

翻脸后
指尖一点
那个可恶的名字
就在手机屏幕上彻底消失
从此只敢在梦里偷袭
如果梦不能设置拉黑名单
就把梦也拉黑
砸掉精神分析大师的铁饭碗
把朋友拉黑
把失去朋友的伤心愧疚也拉黑
把压在头上的父母和肚子里的宝宝
一起拉黑
把账单和债主一起拉黑
把疾病和医生一起拉黑
把地球上蔓延的瘟疫
一起拉黑
刚刚冒头的白发——拉黑
到处抹黑的死亡——拉黑
拉黑，统统拉黑
如果一直庇护你的天使
翻脸把你拉黑
你就把上帝也拉黑
让他在他的白屏幕上
再也找不着你

转引自贝克莱

臧 棣

乡村少年,但偏僻不是
宿命的理由。以早慧为海绵,
将青春的激情用于
既善解人意也善解天意;
和海子一样,才十九岁,
就已大学毕业。二十五岁,
人类的知识就已被总结成
犹如地形图般的"原理"。
因淳朴而魅力,年纪轻轻就出入
女王的宫廷;性情通透到
只有用天使来称呼
才可以缓解一下无私的钦佩。
偶尔也写诗,就好像妻子也姓弗罗斯特
绝不是偶然的。好论战
但不是基于天性,而是基于
人的感知力:茫茫宇宙中
我们如何获得一个更深邃的同构性。
物质和精神的对立很可能
永远都只是一种假设;
把贝壳捏在手里,诗歌就得到
一个形状;但如果你的感觉足够精确,
它和贝壳真正的形状就没关系。
笨伯们才爱纠缠物质
到底是不是"我们自己心灵的

假想之物"呢。只要骨头硬,
不怕疼痛,想踢石头,就踢吧。
塞缪尔·约翰逊的反驳
之所以缺乏说服力,不是因为
他脾气暴躁,而是他踢石头踢得
还是太少。和对错无关,
关于人生的意义如何
和人的潜能挂钩,他只是想
为我们提供一个绝妙的主意:
哪怕你自认为是一个普通人,
也要尽力挖掘生命的潜力,
去体验这个世界究竟有多少东西
是可以被真正感知的。
维特根斯坦后来的建议
其实也是这个意思:凡不能
被语言描述的,就最好保持沉默。

山梨树

刘向东

高祖茅屋的宅基上
有一棵孤零的山梨树
不等落花落地,小山梨
便甜了,又香,又脆

蹚着深秋浓露的毒
拨开蝎子草和带钩的荆棘
我承诺亲手带回一根小小枝条
交到珍稀物种基因库里

瞭望不见它的影子
走近了眼见斧头开花
连它的影子都被砍倒了
连一个树娃子也没留下

一架大山蓦然空寂
无意中喊一声:有人吗
有——有——
原来砍山人还在山上

我曾经羡慕,甚至嫉妒
几乎所有树木都比我长寿
而今找不见我的山梨树了
一切从此消失

一对老人

孙 思

黄昏,一对老人临窗而坐
他们相对无言,想说的不想说的
应该说的不应该说的
这些年都说完了

窗内,灯光像一轮满月
挂在两个人中间

窗外,有雪花往窗上落
像他们年轻的时候
没觉得在一起有什么不妥
化了

或者即便不妥,也是新鲜的不妥

黄昏向更深处走去
一滴泪,在其中一位老人眼里汪起

这滴泪,像沉默的月亮
抱着自己的圆,被努力噙住

在沙坡头城墙上我看到一张蜘蛛网

冯景亭

当我爬上这座仿制的明代城墙
在它的城垛间,有一张残缺的蜘蛛网
它的猎物已不知去向
蜘蛛是网上消失了的太阳
它们像一堆道具在暮色中被风吹着
我现在把太阳拍了下来
看它如何在天空中宣示自己的主权
然后滚下沙丘
城墙上三个穿白裙的漂亮女孩
正在拍摄眼前的夕阳,沙丘和我
她们欢快地征用了这些意象
并在这一刻,完全拥有了我们
这让我高兴了一小会儿
对我而言,多年来我既是自己的道具
又是别人的

谁在演奏颤抖的大自然的琴弦（科幻长诗节选）

荒　林

一

你听到嘭嘭嘭的声音了吗
像是时间击鼓的节奏
这是宇宙的心跳
海潮起伏，热泪盈眶
你曾匍匐在地球胸前虔诚道别

亲爱的
如果我们是第一艘，也是最后一艘，飞船
大鸟早已不见踪影
地球热浪滚滚
这被地火所吞咽的圆球，多像我们炙热的心灵
因碰撞而破碎，由内而外迸发激情

颤抖的大自然的琴弦，我们已不能制止它的悲鸣
地球不能阻止自己垂直下跌的体温
万物皆将囚于冰宫，失去语言的地球，陷入寂静冰纪
无止息地吹刮着的宇宙的旋风
网状的量子纠缠着彼此的感应
我们感应彼此，感应过去与未来，此刻

还有那一只我们飞船模仿的大鸟，羽翼颤抖
是颤抖的大自然的琴弦，我们却不能阻止它的隐藏
到了末日

谁的眼里不饱含泪水
谁不深深爱着地球
还有谁来聆听
一场无法结束的彼此纠缠的演奏
谁还在演奏颤抖的大自然的琴弦

五
诞生的血泊如霞光
相比死亡的冰床
我愿意笑对痛楚

是抟土的女娲
为了地球绵延

是被诅咒的夏娃
摘下苹果取出种子

蛇的毒汁变成肥料
我变成一根带血的肋骨

你心疼地取我出来
就像我怀抱人类婴儿

你把我紧紧拥抱

我们是患难与共的亚当和夏娃

啊，牺牲的蛇
第N次穿越黑洞返回
蜕去遗忘的记忆之皮
并交给我遗留的密码
叮嘱以亿万年为忆

六
在我们新生的河流上
筏舟摇曳

在我们新生的森林里
篝火摇曳

我们静静地依偎在一起
如土拨鼠用皮毛取暖
身后是温暖的地穴

地穴将从容生长
长成村落、城市
回到我们繁华如花的地球黄金时代

在医院陪床

马 非

几十年后
我又和我妈
躺在一起睡觉
(尽管分躺两张床
但是紧挨着)
由此我发现了
我与我妈的角色
发生了互换
我变成了妈妈
她变成了孩子
我是在听着她
发出轻微的鼾声后
才渐渐入睡的

致胡杨

杨廷成

天地辽远
一株株的胡杨
在寂寥的秋风中
聆听天边的驼铃

这些身披铠甲的黄金树
比威武的战士英勇百倍
你若不来
我等千年

吉水万里大道

李 立

这是杨万里修筑了一生的大道,始终没有成功
岁月在颠簸中蹒跚,百姓在坎坷中踟蹰
时代扬起的尘埃,时不时地从空中飘落

这是杨万里梦寐以求的大道,平坦笔直
风在此变得优雅,雨有归属感
天空蓝得悠远,远处茂盛的竹林静如水墨画

这是杨万里毕生追求的大道,风清气正
红润脸庞意气风发,追逐幸福的车轮川流不息
一轮朝阳从东方升起,点燃人间烟火一片

这是杨万里没有走过的大道,碧水蓝天
桂花、香樟、杜英、紫薇、夹竹桃在两旁争妍斗艳
像是为当下欢欣雀跃,又像是为明天摇旗呐喊

太阳走失了一群奔马

龚　刚

拉开窗帘
日出的光芒扑入怀中
沉寂一夜的出海口
波光粼粼
早起的船只比早起的
鸟儿，飞得更远
教堂的吊钟，从海平线
听到回声

失血的塞外
一群奔马从烟尘中突围
冻结的河流划过视线
如同闪亮的刀痕
风在马背后汹涌而至
大地的鼓点，直达天际

太阳缓缓上升
宿醉后的酡红，散入海面
时间很轻

清澈到海水变蓝

艾　子

是什么
让我提着羞愧与勇气
潜入海底

幽深与水的柔软
安抚着我的心脏
我只有一天时间孕育珍珠,慌乱
也许会把我的光
全部遮盖

我能看见两条鱼在轻吻,预见
巨大的鲸
搅动的海浪
气息的痉挛

我亲手把自己交给了海洋
下坠。肉桂的热气
正一点一点把我包裹——

过了安检
距离将扑面而来
当一片落叶转身
离开另一片,当时间
被季节更迭

提前到来的苦涩,将如何
吐出胸腔

与子书

白公智

把汉水放在一张纸上,用双手
勾画江山。秦岭巴山用来镶边
再细笔素描河流的形状,留白处成了
大块肥美田地,正好安放一个朝代
一滴墨滴成秦风的样子,一口气往开了吹
往开了吹,汉水就歪歪扭扭九曲十八弯
每一个弯儿,都留下一处险滩
杜撰凄美苦难的故事,挂在拐弯儿处
小镇的吊脚楼上。风流韵事
从窗口一闪而过,却叫人摸不着头脑
江面宽阔,夜泊三五艘木船,江涛
声声说着外省方言,听不懂也叫人满腹辛酸
儿子,以笔为篙,只需轻轻一点
明晨我们就可以升起风帆,直下汉口

虹之冰

冰　虹

虹被冰封住时
成了一座冰雕
惊悚成海的蓝调

冰被虹诱引时
虹颤抖着迷人的新枝
将冰举向天空的暖意

冰被虹融成一川水
与阳光，与海的风
酝酿玫瑰色的春天的暗潮

于海的深处
蜿蜒着遁入
向着更遥远的未知，氤氲开去

码　字

曹　坤

文人把字码在纸上
把才情钉入键盘
我没有这些本事
直接把文字留给路基
那些螺钉　螺底　螺帽
是我的题目　我的诗眼
寒来暑往　年复一年
它们宁折不弯
双轨各行其道
守望彼此
是一生誓言

青阳腔

陈巨飞

用什么来阻止母亲的衰老?
如果,她一直活在青阳腔中。
陪嫁的杏木箱子,就会
回到一棵杏树,结青青的果子。
而如今,杏花开在
母亲的头顶。像一朵白云,

开在九华山的山顶。台上人,
唱着"滚调",俄尔鼓起、铙落,
有裂石之声从云端
直泻人间。台下人仰首,
接纳了不能承受之重。
母亲流下浑浊的泪水,仿佛,

陨石比杏花还轻。仿佛,
青杏的酸涩终于被释放出来,
浸泡着旧木箱子的一生。
散场后,火圈熄灭,山风
穿过寂静的黑洞。吊杆空空,
只有孤月,挂着一盏明灯。

北　风

堆　雪

想起那些横七竖八的笔画
有狼毫反复在一张脸上练习草书
春天尚远。草木的苏醒遥遥无期
金刚石或石墨走过加厚的落地玻璃
谁都无法把一地碎瓷从坠落的高音中扶起
在冬天，每一棵树都是一只替罪羊
它们静候在刀下的样子令人战栗
没有人试图挣脱一条河流的捆绑
就像没有人能躲过一个季节的流放
怀念，是极其虚妄且罪有应得的
就像心底的热血烫过千遍的孤独
没有同情更不值得体恤。现在
北风只拿骨头敲打那颗永远坚硬且不被买断的心
迎着衰败与寒流，强大的对抗不可避免
取出怀里的诗卷和背上的刀剑
所有人和事，都将在一张纸上狭路相逢

稻　田

多　米

一个仙女在稻田里插秧
萤火虫在她的头顶推着闪烁的磨
仙女用一整晚的歌声喂养萤火虫
孩子们在黑板上画下
心中最美的稻田

键盘敲疼了12月孤独的星光
风哑了。稻田复归平静
它扬起的嘴角像上弦月一样明亮
和我们一起，在寒风中期待
萤火虫经过它的窗前回家

老墨和他的汗血马

葛诗谦

心塬奔腾着一团团野火
就不怕把饱墨凝成疙瘩

蹄风破纸，千年之于过隙
神韵垂骋，滚啸之于红霞
云逐声隐鬃上剑
翘楚为雄，通灵之气劲达

刀不入鞘，点染韧上功夫
大弓强弩，穿越哪堪天涯
火不归堆挈驷酒
领英为豪，有无之极端发

横斜都是魂卷激流走笔
陡变尽是梦中画铁镲侠

心脏信号

谷未黄

母亲从夜的底部翻过来,她的工具是一支烛
挖空黑暗,挖空脂肪小丘,和一些惊呆的石头
浮云还很重,把一种泥土
介绍给另一种泥土,用一种夜遮盖
另一种夜。谦恭的抗毁性
是保护我们的盔甲
投下的影子折叠着,我们
喂养火焰和影子这样的生物,它的皮囊被剥夺
我们已经变了,这些身体都需要处理
流浪者在朝觐者中间,还那样卑微
经过的夜晚有所准备,云端多了月亮的轮廓
就像世界多了一些新鲜的东西
你用不用,它都是新鲜的

在昌邑王城遗址

洪老墨

鄱阳湖,拉长了两千多年的距离
也拉近了我们的视线
泥泞的田埂,蹒跚了远道而来的步履
站在春阳下凝视
不规整的田块,几乎掩盖了它的身世
几块残砖,几片破瓦
似乎在昭示着当年王者的荣耀

宫廷的争斗,早已湮没在岁月中
今天,我们在昌邑王城遗址
听到了历史的心跳
也听到了阳光穿透泥土后的地下哭泣

曾经,这个见证了鄱阳湖文明的国都
不知在何时逐渐地消失了
穿过遗址,期待发现它的失踪之谜
因为再神秘,总会有揭晓的那天
也总会有复原的新颜

父亲节的礼物

胡建文

从吉首大学老校区
到雅溪的大汉新城
开车,约十五分钟
今天是父亲节,下着小雨
我带着不到一岁的儿子胡小侠
去看望他爷爷,我的父亲
胡小侠独自坐在我身后的安全座椅里
担心他害怕,我一边开车,一边喊他
每喊一声,他就以自己的方式回应一声
应着应着,小侠突然轻轻地吐出一个词儿
车窗外雨声越来越大
但我听清楚了,我亲爱的胡小侠
叫了一声"爸爸"

语言的法术

黄劲松

你要到一个人的中心
旅游,或者接受任务
你要对自己说:
世界很好,我也一样

你已经忘记经历的早餐
只对食物精美保持兴趣
只对今天晚上的灯火
进行有限的叙述

就是这样的,所以
我们会苍老吗
时间会给我们新的准绳吗

语言的法术联结这个接受的人
他为每个词都准备了盒子
并且有一个自己的花前月下

上苑纪

李 浩

两年前,如同一场大雨
许多往事,停在秋日,
赞美身体。许多往事,
沉入海底,打磨黑色的
礁石。岩块上发出的
声声汽笛,如同山上的
枣树,穿过了山腰,
却被囚禁在山顶。
万道金光,住在果实里。
你从谷中来,欢乐之泉,
照亮矿脉上的荆棘。你梦见
地上的洋钉,如同蜻蜓
在空中乱飞。你梦见,
后山升起的云被光包围。

钥　匙

卢时雨

那时年少春衫薄
她见他在河堤上读普希金的诗
他穿白衬衫、蓝牛仔裤
腰间一串金黄的钥匙

后来，那熟悉的钥匙声
会让她耳热脸红
他健步如飞，钥匙在腰间噼噼啪啪响

如今，他的钥匙越来越多
步履越来越沉重。这世间锁越来越多
他说他的钥匙总不够用

独　唱

念　琪

乌鸦会时常光顾童年梦境
冰雪中北风穿透树林呜咽——
月光在上气不接下气追逐云层
所有与愿望相关的弦都断了：气若游丝
恐惧却无孔不入，捆绑了挣扎的勇气

李白也好，屈原也罢
包括陈子昂的捶胸顿足
余——音——绕——梁
在史乱的征途，在汨罗江边的哭泣
苍茫大地，望不到尽头

岁月跌跌撞撞摔进了一扇门
五线谱编织好了外套和笑脸
与一支宏大的管弦乐团结成了生死之交
聚光灯让汉语优秀的词字逐个从书本上
跳跃，翻起跟头。喜不自禁

雨中新市镇

欧阳白

雨中的新市镇没打伞
光脚站在青石板上,向着灰蒙蒙的天空
左手牵汨江
笼堤的樟
右手挽湄水
垂钓的柳
梁家祠一声欸乃,下城隍司的老尼
不疾不徐回白云寺禅坐
白云之上,依旧毫光照大千

打伞的是我们,站在
汨江边上,十个古朴的码头
随着捣衣声渐渐远逝
如十个挂在江畔
愈远愈小的省略号……
而又隐隐约约
于天际回响
记忆频来入梦
亦如回声轻轻地敲着
张开的雨伞
张开的耳膜
童年原来没有走远啊,特别是
那一座座瓦堆的塔、壶悬的塔、砖砌的塔
平常形色暗淡沉默

一到中秋
就会浑身红火，映出漫天霞彩，万道金光

茶　道

青　铜

建盏的城郭
飘浮戈壁大漠的云烟
模糊了滇藏古道西风瘦马的背影

岁月在咽喉栈道的峭崖
结出贪婪果实
舌根布满苦涩苔藓

耳鼻间风尘嘈杂
能否封闭所有的门户与天窗？
任由过往在壶中沉浮

我正襟危坐
口和心，握手言和
静待纯净的灵魂从远处归来

很多时候

沈秋伟

很多时候,我手足无措
这世界有电,怯于触摸
语言功能也近乎丧尽
日子繁复,不知该用何种语言
与它对话

很多时候,想一吐心思
向每一个路人忏悔
我不彻底的爱,不彻底的恨
我行止失当的排比
那些不很确切的隐喻和暗示
很多时候,我就这样模棱两可
把一个可爱的春天浪费在
春水荡漾的季节

黎明之前

舒 喆

黎明之前
城市还醺醉在雾霭之中
褐色的小鸟喉咙吱吱作响
它的翅膀正在生长

赣江之水
被船只划破的伤口上
长出许许多多洁白的花朵
很多新亮点
却来自江面的平静

黎明之前
夜开始从墨汁里稀释
心的鼓点
和着远山的无声之歌

劈　柴

王爱民

飞屑是溅起的血
骨头咯吱响
肝肠寸断

铁冷
逼近木头的暖
斧头死命地
要一块木头的命
斧柄也是木头做的
相煎何太急啊

像劈山
救出一朵火苗

蛛　丝

王珊珊

一根蛛丝就是一个秋千
看似透明的底部坠着一只蜘蛛
借助无形的力量张牙舞爪
在屋檐下，大幅度摇摆而不自知
试图与白云眉来眼去
太阳的能量赋予蓝天的事物以正直
在冻结之前，白云不曾动摇
倏然。一只麻雀扑棱着将目标锁定小黑点
快，准，狠，一口
一阵风袭来，蛛丝被掀起
然后挣脱屋顶，无声
沿风向飞着飞着，不见了

抓在手里的海

王舒漫

一只手,放棹,几重山,一片大海
捉住山峰,抓住海,我怜悯你的手,
呜呜呜,你哭了,为我的奇秀,为我的
痛苦断肠,抽泣。
而我只想找天平线与地平线,
相交的点,对角线相等,
蓝色的世界上面有
反光的海,眼睛里闪着
不寻常的光亮,我还是爱
你,蓝色的天,毛茸茸的云,你
手里的海叠起来,全是一个声音,
一个意义,一个暗示
庄严的微笑,生命热烈的轰响,
顷刻,我不会迷

观岩画

吴　涛

马是从石头上跑出来的
羊也是

只要石头在,马便奔腾
羊也便咩咩叫

所以,刀无效,杀戮无效

冶仙塔的偶遇

盛华厚

每天我像冶仙塔的灯泡巡视着景区
看到上万名游客在我面前完成偶遇
每天我为寻找一只怀孕的松鼠穿山越岭
我想它为了兑现承诺早已经修炼成人形

放眼望去,到处是摩肩接踵产生静电的人
所有用鼻孔看我的人一定没有自信
所有看到我而脸红的人一定心中有鬼
所有不用正眼看我的人一定没见过世面
我抱着手像只松鼠拨弄着心里的小算盘
我想她一定在用这种方式考验我的心境
一定怀着以身相许的心态混迹在人群之中

我熄灭我自己,甚至尽可能卑微一些
我浓缩成一粒尘埃坐着树叶在风中飘荡
我附在一个女人的发丝上辨别她的体香
我修炼成卧佛前的一抹香灰,修炼成
文殊菩萨玉净瓶中洒出的一滴圣水
但我无论如何修炼自己,仍是孤身一人

从冶仙塔的入口走到出口需要一天
从第一次偶遇到下一次偶遇需要随缘
我撒一把粮食,六百只鸽子落在我身旁
我喊出一个名字会有多少人向我张望?

为了一次偶遇，我跟随一个女人上了缆车
一直到她与一个男人偶遇和我擦肩而过

新　春

幽　燕

融化的速度就要超过结冰的速度
陷在坚冰里的枯荷正酝酿着站起身子
昨夜我看见攀上高楼的烟花
它说：最好的朋友依然是自己

地铁里不再站满疲惫的人群
连妖怪的脸上都贴着福字
荧屏负责制造魔法世界
从头演到尾的叫乾坤大挪移

忽然就忘记了
仰面喝下的究竟是药还是酒
性命攸关时我从混乱的牌局脱身
要做的事依然数不清
纷扰的手和花枝都会在清晨醒过来

独　钓

张丽明

鸟儿早已迁徙或者沉睡
人间名利，被一场雪覆盖
万物打回了原形，寂寞开始变得
赤裸。细微的声响
打破岁月的慵懒，从江边传来
一孤舟。一蓑笠。一渔翁。
有个人的心突如枯枝，从半空断裂

雪的来历不明，渔翁的来历也不明
唯一明朗的是——
渔翁将雪钓起
而你将渔翁钓起
一同钓起的，还有
胸中挥之不去的孤独

你孤绝的眼神投身白雪中
白雪回你以孤绝
你用温暖的眼神看向渔翁
渔翁报你以温暖

身后的江山，已非永州司马的牵挂
渔翁钓起一江冷雪后
你也被雪钓起

通体清明澄澈。悬在每一个飘雪的清晨或者傍晚……

妈妈，不是我一个人不原谅你

鹤 轩

妈妈，中元节回老家上坟
见到常与你唠嗑的老赵娘
她搓着我的手说
闺女
我借你妈一根引被针还没还
她说走就走了
想给她是真给不了
只有到地下找她算账
那时候一定要狠狠骂她一通
一根针，疼我这么多年

山里人的远方

陈映霞

出了大门,过了小河
就是远方
山里人不需要太遥远的远方
他们问:
你远得过屋顶的日头么
你远得过山坳的月光么

踩着露水出门
披着月光归来
赶一次集,出一趟县城
山里人的远方务实可靠
他们从远方
提回来过日子的油盐酱醋

山里人取笑城里人
坐飞机搭火箭去的远方
那是蛮不讲理的远方

城里人从远方回来
两手空空
说是带回来远方的山水
笑话哩!山里人说
这么多城里人来过
也不曾见这里的山水

缺少一个角

山里人有他们的远方
那就是近在咫尺的山背
去了没有归程
谁说山背
不是远方

编后记

仿佛一转眼之间,十年时间就过去了,而由我主编的《中国新诗排行榜》也连续出版了十年,而今,迈入了第十一个年头。这本年度性出版的《中国新诗排行榜》获得了海内外诗歌界人士日益广泛的关注、认可与好评,客观而言,这也是时间积淀的结果。在《中国新诗排行榜》的编选过程中,我始终坚持开放性、包容性、纯粹性、审美性、国际性五大编选原则,充分凸显其与众不同,打造自己标志性的诗歌品牌。

我依照前几年的方法,采取向海内外知名诗人与实力派诗人朋友约稿的方式,来编选《2021年中国新诗排行榜》。像以往一样,我遴选诗歌作品的标准还是颇为严格的,并不照顾关系与面子,宁缺毋滥,以确保这部为千万人所瞩目的年度新诗选本的艺术质量。另外,我接受了不少诗人朋友的建议与意见,决定从下一年开始,采取公开征稿方式,向海内外广大诗歌作者征稿,希冀通过这种公开、公平、公正的方式,以质取稿,从中遴选出审美风格多样的优秀诗歌文本,力争让更多的实力派诗人与诗坛新秀在我主编的《中国新诗排行榜》一书中获得"亮相"机会。由于这部年度总结性诗歌选本的篇幅有所限制,入选门槛很高,在遴选诗人诗作的过程中,诗人们的"内部竞争"是非常激烈的(这是实际情况),因而,那些名气不大但有实力或非凡潜力的诗人们的作品能够入选,确实非常难得——这么多年下来，《中国新诗排行榜》推出的有才华的诗坛新秀越多，我内心的成就感就越大。同时，由于选本篇幅所限或者说篇幅宝贵，对于每位诗人，我最后只能选其一首精短的优秀诗作，对于该诗人篇幅较长的优秀诗作只得割爱。我历来也认为，绝大多数诗人是靠其优秀与杰出的短诗作品在文学史上立住脚的。总之，我希望用品质优异的精短诗作来为广大读者送上一道年度性的丰盛艺术大餐。

在本书的编选过程中，许多诗人朋友给予了我热忱、切实与有力的支持，这给了我从事诗歌编选工作的巨大信心与精神鼓舞力量，在此向这些诗人朋友深表谢意！借此机会，我还要向陕西师范大学出版总社的有关领导以及责任编辑张佩女士表示由衷的感谢，他们对我的编选工作予以了一以贯之的信任、理解、宽容与支持，使我没有理由不将《2021年中国新诗排行榜》编成一部"既能叫好又能叫座"的年度优秀新诗选本。

我的弟子陈琼、管朕、唐梅等，以及盛奇敢、温翔宇、左昭、袁静怡、贺婷、李罂萱、盛媛媛、邓卓凝、明雪纯、赵秦、徐艺馨、刘雨潇、梁欣、程锦圆等北师大学子在《2021年中国新诗排行榜》全部诗稿的录入及初步编排校对等方面，给了我积极协助，付出了不少劳动，在此一并致谢。

当前新冠病毒疫情依然在全球范围内肆虐，诗人们创作的关注人类命运与前途的优秀诗作，让人们在一片阴霾中看见希望的曙光，而这无疑充分彰显了诗歌本身的精神力量。

是为后记。

谭五昌

2022年4月4日清明节

写于北师大珠海校区文华苑